神祕租客

七弦彈◯著

目次

一、購屍疑雲

1

劉浩軒家裡有三套房子。兩套在市區，一套在縣城。

市裡的第一套房，是老房子，但屬於學區房，是在劉浩軒五歲那年，由他父母買下來的。後來他考上大學去了外省讀書，父母為了工作方便，又搬回縣城去了。

市裡這套房子並沒有空著，一直在租賃。可去年住進去的那戶人家，女主人不知道因為什麼事情想不開，一個人在家，用膠帶封鎖了臥室，燒炭自殺了。從此以後，房子的租賃狀況就有些不太順利。因為死過人，似乎便成了「凶宅」，前來求租的，往往深入瞭解房子的狀況後，都打了退堂鼓。至今房子還空著。

這個時候劉浩軒早已大學畢業。他沒有像許多同學一樣留在外省闖蕩，而是回了家鄉。前幾年，父母在市裡又為劉浩軒買了一套新房子作為以後的婚房，早就裝修好了。他置辦了一些簡單的傢俱，順理成章地住了進去。

劉浩軒也沒有去上班，而是選擇了宅在家裡投身於網路小說的創作。由於大學時候在起點中文網上連載過一部玄幻小說，意外地成績還不錯，自此便嘗到了甜頭。如今他一口氣開了兩本書，日更萬字，分別發在兩個寫作平臺上。雖然目前距離網路大神還有很大的差距，可是每月的收入已經勉強可以趕得上那些普通上班族了。

父親說了，再給他一年時間，要是寫不出什麼名堂，就去廠子裡幫忙。

劉浩軒可不喜歡什麼子承父業的老套路，他說他早就給自己找後路呢，這段時間正利用寫小說的空餘，在考一個挖掘機操作證。又說，在網上還認識了一些朋友，打算一起報個學習班，學一些3D建模方面的知識。

不過，證始終沒考下來。3D建模學了一段時間，也沒有了最初的熱情。他每天都對著電腦，在一個虛構的世界裡不斷地馳騁，時而感到很興奮，時而又感到很失落，整個人不斷在充實與空虛之間遊走。

有一回母親來市區辦事，順道來看看他，聊天的時候談起了那座成為「凶宅」的房子，顯得很無奈。

劉浩軒聽著，一開始也沒當回事。可是有一天晚上他躺在床上，一時間也沒有什麼睡意，腦子裡胡思亂想著，不知如何就想到了那套老房子，想著想著，便隱隱約約產生了一個念頭，越想，越覺得有意思，甚至有一絲變態……

這個天真的想法，連他自己都覺得激動和刺激！

這樣一來，簡直更睡不著了，經過一晚上的認真思考和謀劃後，連忙給母親打了電話。

「媽，關於租房子的事，我覺得妳該改變思維啦。不是房子租不出去，也不是什麼凶宅不凶宅的問題，畢竟並不是所有人都介意這個的。總體說起來，還是妳要求太高了。」

這是事實，母親總是擔心租客不愛惜房子，所以出租時會秉承一些原則，比如不單間出租，只租整房；租戶最好是以家庭為單位，避免變成環境一團糟的員工宿舍；不接受短租，起碼預付一年房租等等。

如今，劉浩軒便建議母親應該考慮降低標準了，不僅應該考慮短租，還可以嘗試把三個臥室單獨出租。他又補充道：

「另外，出事以後，您老人家實行的這個降價出租政策絕對是不行的。妳不按照市場價來，別人反而會多心，一多心就會多打聽，本來沒事的，他們還問出事來了。我的意思也不是說咱們不可以搞一些優惠政策，但不是妳這樣的搞法。咱們要在服務上進行優惠。比如說家電齊全，拎包入住。」

母親笑道：「這算不上什麼優勢。現在出租的，基本上都是帶家電的。」

「那麼網路呢？」

「網路？咱們那房子可以接網線呀。」

「是可以拉網線。但是網路費用是由誰負擔呢？」

「當然是租房子的人。」

「這就對了！咱們可以把網路費用負擔下來嘛，不用租戶掏錢，讓他們免費享用網路，網速還很快。這絕對可以成為咱們的一個優勢。其實算下來，一個月網費是沒多少錢的，咱們也吃不了虧，租房子的人還覺得划算。媽，妳網上掛租的時候，可以把這個作為一個宣傳點試試。不是人人都迷信什麼凶宅不凶宅的，切實有了實惠他們才會考慮。」

母親同意了。

很快，房子便進行了簡單的改造。三室一廳的大格局並未改變，但每道門都重新加裝了門鎖，每間房子配一套獨立的傢俱，聯繫運營商後網路也裝好了。

這期間，劉浩軒也多次去到現場，幫助母親一起和工人溝通。

看到母親欣慰的笑容，劉浩軒暗叫慚愧，其實他這麼做，是有著另外的不可告人的目的——正是他那心血來潮的刺激念頭。

趁著這次機會，他在每間房的天花板中都暗藏了針孔攝影機，且因地制宜地做了很好的偽裝，從外表很難看出來。他將監視軟體通過網路分別連在了家裡的電腦和手機上。電腦容量大，可以把一些影片儲存下來，而手機呢，攜帶比較方便，出了門也可以監視別人。

劉浩軒這麼做，也並沒有什麼切實的目的，甚至於自己都不太清楚為什麼會突然之間產生這種惡趣味，想要窺探別人的隱私和生活。大概是平日裡過得太單調和無聊了吧，他需要通過這種不道德的行為，來為自己尋找一點點驚喜和刺激。

一切準備就緒。回到家中，他打開電腦，輪流切換著監視畫面，畫質很清晰，也沒有多少觀察不到的死角。看著那幾間已經收拾乾淨，目前還處於空曠狀態的臥室，心中十分滿意。

他充滿期待地等待著房客上門。

2

「手裡沒有好牌你敢挺到最後？當時小劉這個二娃子[1]走了狗屎運拿了個同花順，就不信我手裡有個豹子。熱血上頭非要和我槓到底，稀里嘩啦把他半年多五萬來塊錢的積蓄全都壓上了。結果一把就輸得他臉都白了，一聲不吭，只在那吧嗒吧嗒一根接一根地抽煙。不瞞你們說，當時我也有點擔心，他要是耍無賴非要把錢要回去，我當時也沒法，總不能和他幹架吧？不過這小子還算有種，最後屁也沒放，抽完煙灰溜溜地跑了，哈哈哈。」

老楊坐在汽車後座上，憶往昔自己在賭場上的神勇表現，很暢快地笑著，露出了一口參差不齊被煙熏得發黃的牙齒。

旁邊的三騮聽著只是微笑，不以為然地道：「你這做法也不地道吧，要換了我，不管人家開不開口，起碼都要再給人家留上個千把塊兒的，讓人家生活費起碼有個保證。」

[1] 方言，泛指某個年輕人，特別是那種性格比較憨厚、直爽的男孩子。

老楊把煙灰彈到窗外，呵呵笑道：「怎麼？他不開口，我還自動施捨給他？他那時候要是有種，敢再跟我賭一把，那我可以借錢給他，這有什麼大不了的？可那小子沒這尿性，灰溜溜地走人了，那可真怨不得我了。」

「行啦，快別說你那陳芝麻爛穀子的事了。我看你是手上的錢揮霍的差不多了，要不然也不會這麼急得又召集咱們兄弟幾個出來了吧。」三騮想到即將要幹的大買賣，手心有點發熱。

在前面開車的王大民又想抽煙了，那會兒才把空煙盒丟了，現在從兜裡摸出來的是一盒整煙。一手攥著方向盤，另一隻手實在是沒法把煙條撕開，索性那隻手也放脫了方向盤，腳下減速，讓車子慢慢地往前溜著。

「哎哎哎，大民，我說大民，你要抽煙，我給你拿嘛！你這個動作嚇死個人哩。」副駕上的劉驍勇趕緊搶過了他的煙盒。

「操，就這點出息？老子十二歲就開著三蹦子[2]下地收麥子，往那溝壟上開，稍不注意就會翻車的。可如今我怎麼樣，還不是照樣活蹦亂跳的？你算算吧，我開車都開了三十多年了！這一輛破桑塔納對我來說算屁呀。你別還是這樣，膽子這麼小。」王大民很不屑地說道。

這鄉間道路，又平整又寬敞，好半天也碰不到一輛車，路兩邊不是山就是樹，風景宜人，王

---

2 一種常見的三輪車。三蹦子一般由摩托車或小型發動機驅動，後面有一個帶篷的車廂，可以載人或載貨。

大民駕駛著車子，感覺很放鬆很愜意。

「你也是好吹個牛。你不想活了，我還想活呢。」

「這倒是哩，你這老婆孩子熱炕頭[3]的，當然命比金子貴。這一趟活幹完，你閨女幾年的學費都有了。」明知道沒有外人偷聽，他說到最後一句話時，還是有意識地壓低了聲音。

此時汽車尾部忽然傳來砰的一聲響。

「我操，怎麼了？」

王大民話音未落，便聽見了發動機空轉的聲音，接著汽車向前溜了幾步，不用王大民踩剎車，自己就停了下來。

「這是咋了？」王大明開了雙閃，下車查看情況，劉驍勇也跟著下去了。

車裡老楊和三騮若無其事地繼續嘮著。

「我跟你說，這賭錢就不能和小心眼兒的人一塊玩。」

「那你們是不是沒有立好規矩呀？要是一開始就說好了，我不信他還敢賴？」

「跟這種人講規矩，你覺得他會跟你講規矩嗎？說啥都沒有用……這破車出啥問題了？咱們也下去看看。」老楊看見王大民把引擎蓋給揭開了。

---

3 「老婆孩子熱炕頭」一句是民間諺語，意思是有老婆孩子，有溫暖的炕（家），比喻生活幸福。

王大民站在車頭，鼓搗了一會，無奈地站直了身體。

「操，這他媽的難辦了。」

「怎麼回事啊？」

「誰知道呢，排氣管子不知道怎麼的炸了。誰知道這毛病在哪兒呢？這也看不出什麼問題來呀。」

四個人都直勾勾地盯著這忽然罷工的車子。

眼看著太陽就要落山了。車子壞在了這半道上，可真是倒楣，朝前看朝後看，一望無際的都是山溝和田野，前不著村後不著店。

「是不是那一會子加的那箱油有問題？我一早就說了這小加油站不保險。你們偏說沒事沒事，圖那幾塊錢的便宜。現在走不了了吧，出師不利呀。」

「不是油的問題。聽那聲音像是氣缸出問題了。」

「咱們車裡不是也有工具嗎？能不能鼓搗好？你這三十多年的老司機，現在該見真章了，這點兒難不倒你吧？」

王大民不服氣地道：「你要是真的換個地方，這還真的難不倒我，你瞧瞧那些修車店的二把手，老實說沒有一個水準比我高的，都是些半吊子。但凡……」

「現在別扯這些了，你就說能不能修吧？」

「修個蛋啊。這荒郊野外的！」

「那這不就扯了嗎？」

老楊撇撇嘴，去路邊解了個手。

其他人就商議著，實在不行只能打電話叫拖車了。

此時，老楊一泡尿還未結束，便遠遠瞧見一輛白色的小貨車沿著他們的來路不疾不徐地駛了過來。其他三人也看見了。

大家都盯著這一輛小貨車。

老楊早已繫好了褲帶，在路邊提前招手。沒過多久，小貨車就來到了跟前。

大家都注意到小貨車後面車斗裡拉著一口還沒有上漆的原木棺材，驚異之餘，不禁互相使了個眼色。

只見貨車司機是個二十多歲的年輕小夥，停車後從窗戶探出頭來問：「怎麼了？」

「這破車，壞到這兒了。」老楊客客氣氣地上前遞了根煙：「本來要去前面的田家灣村見親戚的，這才走到哪啊，車就罷工了。天也快黑了，真他媽倒楣啊。我們鼓搗了半天了還是沒動靜。我也是咱鄉裡人，這路都熟，你也知道，最近的村子離這裡也還有小十里地了吧。你懂不懂修車？能不能給我們鼓搗鼓搗？」

老楊說的是標準的本地口音，小夥子這才打消了疑慮，迅速從車上跳了下來。

聽老楊說了轎車狀況後，小夥子很內行似的進車拿鑰匙發動了發動，又來到前面引擎處鼓搗了一番，最後說：「修當然是能修的，應該不是什麼太大的毛病，可我也不能打包票呀。再說了，沒有個小半天的時間是別想搞定的。萬一搞不定，又浪費時間了。這天氣也不早了，我還有事呢。」

王大民道：「誰說不是呢？我們剛也是這麼說的。剛還打電話叫了拖車的呢，狗日的說是天太黑了，今天來不了，這不是扯蛋嗎？算逑了[4]，這樣吧。你幫著我們使把子勁，一起把這車往路邊上推推，就讓這破玩意杵到路邊算了，別大晚上妨礙了過路的就行。你要方便，捎我們一截，把我們捎到前面那個村裡，我們找個落腳地兒。車裡也沒啥值錢玩意，被人砸了車窗，那我們也認了！」

小夥子丟了煙屁股，道：「這有啥不方便的？我家就是在前頭開旅店的。你們就跟著我走吧。車也別停這路上了，到不了明天，別說車窗了，說不定給你四個軲轆都整沒有了。我這小貨車有勁兒，把你們的車給一起拉到我那兒去算了。」

四人道：「這敢情好啊。真是出門遇好人！」都做出一副喜出望外的樣子。

只一會功夫時，小貨車便牽引著這輛黑色的桑塔納上路了。老楊問起棺材的事，是家裡什麼

---

[4] 俗語。拉倒，算了的意思。

老人過世了嗎？小夥子沉痛地說不是，是她老婆過世了。

大家對望一眼，都哎呦了一聲，表示惋惜和驚訝，說年紀輕輕的，老天真是不開眼呀。怕是得了什麼病吧。

小夥子說是猝死的。

幾個人隨即改變了話題，聊一些有的沒的。眼見著天色全然黑了下來，他們也到了目的地。路旁的一座小樓裡亮著燈光。公路旁立著一塊牌子，寫著「裕豐農家樂」五個大字。

小夥子介紹說這是他們家開的。老楊道：「往常也總從你們這個口路過的，只是沒有機會來住過一趟。平日裡生意怎麼樣呢？」

「湊合著吧。鄉下地方，沒多少生意。最近一夥施工隊的，把房間都包下了。」

說著話，小貨車已經拉著桑塔納上了一道斜坡，在此地分岔為兩條路，左邊，通往一座院牆圍著一座二層小樓，正是方才看到亮燈的所在。小夥子卻沿著右邊那條道，把車開到了另外一座院子裡，這裡有幾間平房，院子是直接敞開的，沒有院牆。

大概是聽見了貨車的聲音，好些人從房子裡走了出來。

老楊幾個人跟著小夥子下了車。那些人早已經七手八腳的，喊著號子[5]一起使勁，往下抬棺

---

[5] 喊號子，在眾人一起從事某項體力工作時，以喊、吼等形式，方便統一動作，一起用力。

材。老楊等人也趕緊搭了把手。最後棺材直接放在了院子一個角落裡。

有個老太太端出一盆水來，讓大家洗手。又有一個老者過來，以為老楊等四個人是小夥子帶來的朋友，便殷勤地遞煙。小夥子這才把雙方互相做了介紹。原來這老者正是小夥子的父親。

老者一家人便張羅著大家一起吃了晚飯，吃的是湯麵饅頭，還有兩個菜，一葷一素。加上過來幫忙的那些親戚，男男女女，總有十來個人。

到了晚上安排住宿的時候，老人卻犯了難。原來老楊他們剛剛上坡時，看到的那個二層小樓就是他們經營的旅店，不過由於被施工隊包下了，人已經住滿了，如今是一間空屋子也沒有了。

他們後面這個院子，是平日自家人住的，原本有好幾間房屋的，因為今天來了好些個親戚，現在也已經擠不下，實在沒有多餘的地方給老楊等人了。

老楊幾個人連說沒關係沒關係，我們現在就去修車，把這車給修好，連夜就走了。氣氛屬實有點尷尬。

小夥子顯得很慚愧。他把父親拉到一邊，悄悄商量起來。但見老者先是有些為難，後來呢似乎下了決心似地點了點頭。

隨即小夥子便來到四人面前，一人遞了一根煙，吞吞吐吐地說道：「其實呢，如果說起來的話，房間倒還是有一間的，還是個套間。只是呢，現在我媳婦是躺在裡間的，外間倒是空著的。」

四人一聽這話就已經明白了。

小夥子連忙道：「這倒不是有意地刁難幾位。實在是我考慮不周了，把諸位拉了過來，卻又安排不開。老婆這麼一走，我整個人也亂了。那……我看咱們實在不行，就加緊修修車？」

老楊很莊嚴地說道：「我們幾個年紀都比較大了，算是和你爸爸一輩兒的。今天遇到了這種事，見不得這種白髮人送黑髮人，心裡也不好受的。無論如何，也要去給侄媳婦上一炷香。」

小夥子連聲道謝。

老者和小夥子便領著老楊四個人來到了院子最左邊的一間屋子裡。進去果然是個套間，共有裡外兩個家。外間亮著燈，地方還挺寬敞，有一張小床和一套沙發。裡間也亮著燈，也有一張床。一個長髮女人直挺挺地躺在床上，臉上蓋了一塊白布，見不到面容，身上穿著很鮮豔的紅衣衫。

按照本地的習俗，人死以後要停屍三天才可以入殮的。所謂入殮，也就是放入棺材之中。這個女子是今天才過世的，因此現階段屍身便依然躺在床上。

床前擺放著一張木桌，有供品和香爐。老楊等四個人接過老者遞來的香，點著了，躬身拜了拜，插進了香爐裡。小夥子站在一旁答謝。

大家來到外間。老楊瞧著這間房，道：「我瞧著我們那破車呀，一時半會兒未必能修得好。你們今天肯定也很累了，明天操辦喪事，還有許多的事情也要辦，你們還是早點休息的好，我們也不能打攪你們到半夜。既然兩位好意，那我們就在這間房裡將就一晚吧。你們一家人都是這樣的熱情待客，我想侄媳婦也是一般的人，斷不會不容我們的。」

老人和兒子很過意不去地道：「那就委屈你們幾個在這裡將就一晚了。」

不久後就給四個人送來了被子枕頭等物。床上可以勉強擠三個人，沙發上再睡一個正好。

小夥子又陪著他們喝了幾杯茶，也就告辭而去了。

看看已是晚上十點多，四個人便和衣而臥，關上了燈。院子裡還有燈亮著，照得房間裡亮堂堂的，不時有人在院子裡走動，偶爾還低聲說著話，想來是在商量喪葬之事。

不久院子裡的燈也滅了，頓時房間裡一片漆黑，也聽不到外面有什麼聲響了。

大家一時間都還未入睡，有人還在抽煙。劉驍勇躺在沙發上，能看見其他人煙頭上的星火一閃一滅地十分清晰。漸漸眼睛適應了黑暗，能模模糊糊看到彼此身體的輪廓。

起初沒人說話，過了一會兒，老楊低聲道：「這姑娘應該還年輕的很吧。下葬怕是到了三四天以後了。」

三騮低聲道：「悄聲，悄聲！別說這麼些個廢話。」

老楊便打了個哈欠道：「懂得，懂得！兄弟，這真是意外啊。睡吧，睡吧。」

不多時大家都起了鼾聲，漸漸睡熟了。只有劉驍勇，不知道是不是因為喝了茶的緣故，卻一直沒有什麼睡意，腦子裡總在胡亂地思索著一些不成形的東西。

他終於也睡過去了。時間來到了後半夜，劉驍勇迷迷糊糊間，忽然聽見了一些古怪的聲音。

他下意識地睜開了眼。月亮出來了，房間裡很亮。

一陣窸窸窣窣的聲響愈加清晰，似乎是從裡間發出來的。

不錯，的確是從裡間發出來的。

劉驍勇確認了這個事實後，頓時睡意全消，甚至有點汗毛豎立。裡間躺著那個女屍呀，女屍那頭蓋白布，直挺挺地躺在床上的畫面閃過他的腦海。他連忙將這個影像從腦中趕走。裡間和外間之間有一扇木門，臨睡前小夥子是替他們關上了那扇門的。現在的劉驍勇只能看到那扇緊閉的木門。然而，裡面為什麼會發出那種聲響呢？

努力讓緊繃的神經鬆弛下來，他忽然釋然了，莫非有老鼠嗎？極有可能。他為自己的疑神疑鬼感到好笑。老鼠該不會把屍體給咬壞吧？莫名其妙的，他居然擔心起這種事情來。

其他幾個人依然還在酣睡，不知道是誰，簡直鼾聲如雷。

「吱扭」一聲響，便在此時，那扇木門居然被什麼東西給推開了。劉驍勇吃了一驚，頓時瞪大了眼睛。隨即，驚悚的一幕出現在了他的眼前。一個紅衣服的身影出現在了門口，並且以一種極為僵硬的姿態和步幅移動著，沒有發出一點點的聲息。她的臉上依然蒙著那塊白布，這顯然就是躺在床上的那具女屍。

女屍為什麼會下地？難道詐屍了嗎？

劉驍勇只覺整個人彷彿呼吸也都停止了。

他希望自己是在做夢，可是這夢中的內容也太可怕了！但見那女屍以極為僵直的步伐來到了外間，微微停步，忽然轉個方向，一步步朝著靠後的那張床邊走去。床上正躺著老楊等三人，依舊酣睡不醒。女屍來到了三人腦袋跟前，慢慢俯下身去，嘴裡嗖嗖有聲，似乎隔空依次對他三人在做些什麼。吸氣聲過後，床上的鼾聲竟然戛然而止。

劉驍勇見狀，大駭。這個女屍不會在吸大家的陽氣吧？以前只聽老一輩的人說過這種事，今天就讓他碰上了嗎？

劉驍勇極力控制住打顫的牙關，想要拔腿而跑，可是身體卻不聽使喚，依舊僵臥在沙發上不能動彈分毫。

但見那女屍在那三人身上吸過陽氣以後，僵硬地轉身來，朝著沙發這邊走了過來。

劉驍勇身體發抖，似乎用盡了全身的力氣，終於把被子拉了起來，將整個腦袋蒙進去。他緊閉著雙眼，恐懼壓迫到他難以喘息，他似乎感受到女屍已經靠近。

不和對方面對面，陽氣就不會被吸走。這也是老一輩人講過的，他現在只能姑且一試了。

過了良久良久，黑暗中他終於聽見了一陣沉重的腳步在地面拖行的聲音，聲音漸漸遠去，他意識到女屍應該是離他而去了，遂鼓起勇氣，膽戰心驚地將被子從頭上挪開，只見女屍正邁著僵硬的步伐，慢慢地又走回了裡面的房間。

此時的劉驍勇，清楚地意識到這絕非一場夢。不知過了多久，他覺得身體終於可以動彈了，才發現，整個人都被汗水給浸透了。他吐出一口氣，艱難掙扎著坐了起來，想要呼喚躺在床上的同伴，卻又連忙捂住了嘴巴。他慢慢從沙發上下來，只覺雙腿發軟，躡手躡足，一步一挪地朝著床邊三人走去。可以看見，裡間的木門依然是半開著的，他戰戰兢兢地望了一眼，從這個位置，看不見女屍的蹤跡。他微微鬆了一口氣，快速來到床邊，顫抖著雙手去推搡那三人，沒有反應。再次用力揉推，依然沒有反應……似乎那三個人身體已經漸漸地冰涼了下來，劉驍勇不由得一驚，不知道這是不是他的一種錯覺。果然，這三人恐怕已經被女屍吸掉陽氣了。

這時，因為極度的驚恐與緊張，他的喉嚨竟然不受控制地發出了呵呵之聲。幾乎同時，他清晰地聽到，裡間再次傳來了窸窸窣窣的聲響。

劉驍勇知道不妙，慌忙轉身，拔腿向院子裡奔去。下意識的回頭瞥了一眼，不由得心膽俱裂，果不其然，聽到動靜的女屍已經追了出來。

劉驍勇一面逃跑，一邊大聲呼救，希望可以驚醒其他房中的人，然而，卻沒有引起絲毫的動靜。或者說，那些人也早已驚醒過來，早已聽見了他的呼喊，只是面對這詭異的女屍，誰也不敢出來，只能躲在房內瑟瑟發抖？

劉驍勇躲避期間，不時回頭觀望，卻見始終無法擺脫這具女屍的追逐，雖然對方奔跑的姿勢有些奇怪，速度卻絲毫不落下風。

劉驍勇發出夾雜著恐懼與絕望的嚎叫，一股腦朝外面的大路上狂奔而去。

女屍的嘴裡發出嘶嘶的奇怪聲響，始終對他緊追不捨。劉驍勇已是汗流浹背，雙腿痠軟，肺部彷彿要爆炸一般，若不是一股強大的精神力支持著，恐怕一步也跑不動了。他緊咬牙關，奮力奔跑，這一番絕望的掙扎，終於與那具鍥而不捨的女屍拉開了距離。然而此時的他也已是強弩之末，沒有了絲毫力氣，只得將虛弱的身體靠在路邊的一顆大楊樹下，大口大口喘息著。

呼呼呼……豆大的汗珠順著額頭一滴滴落下。

那具陰魂不散的女屍邁著奇怪的步伐，發出嘶嘶的古怪聲音，倏忽間又朝他撲了過來。

劉驍勇驚叫一聲，想要繼續發足奔跑，卻發現一雙腿居然如灌了鉛一般沉重，想要挪動半步都變得十分困難。

就在此時，女屍那乾枯如爪的一雙手，已經朝著他抓了過來。他扶著樹幹用盡力氣，勉強移動身子，避開了女屍的這一下抓擊，忽然急中生智，以這棵粗大的楊樹樹幹為障礙物，繞樹而跑，和女屍進行著最後的極限周旋。

他的呼吸紊亂到了極點，不知是否因為汗水的緣故，視線也變得模糊，幾次都感覺要暈倒過去，只有心中一個聲音還在竭力地呼喊著：不能倒下，不能倒下，一定要逃跑，一定要逃跑！

最令人絕望的是，眼前的這具女屍卻絲毫不見疲乏的跡象出現……完蛋了，徹底完蛋了，當再沒有別的聲音出現，只有這個念頭佔據了腦海以後，他知道自己的身體終於撐不住，選擇放棄了，眼看著那僵直如柴的爪子已經接近面門……就在這瀕死之際，他的腦海中忽然出現了像電影快速閃回般的畫面，他前半生所經歷的事情，樁樁件件，都清晰無比地都浮現在眼前，痛苦、迷茫、懊悔、不甘，種種情緒紛至遝來。

就在此時，不知何處突然傳來了一聲公雞的啼鳴，聲音高亢洪亮，刺破了靜寂的夜空！

東方發白，天馬上就要亮了。

女屍雙爪兇狠地朝他腦袋抓來……

這是劉驍勇看到的最後一個景象，隨即他身體一軟，癱瘓在地，暈了過去。

不知過了多久，他的意識慢慢恢復過來，可怕的記憶頓時湧入腦海，他猛地睜開眼來，入目便是一片豔麗的紅色，正是那女屍的綢緞衣裳。他悚然一驚，腦袋後仰，重重地撞在了樹幹上，這才發現自己靠坐在楊樹之下，而那具女屍直挺挺地站在他的身前，身子微微前傾，一動不動，十根如針錐一般的手指，齊齊地插進了粗大的楊樹樹幹之中。

天已經全然亮了，一輪紅日掛在天際。

劉驍勇連滾帶爬地從女屍身下鑽了出來，這時候聽見了幾個人的呼喊聲，原來是旅店老人和兒子一起尋了過來。

劉驍勇癱軟在地，嗚嗚呵呵，卻已經說不出一句完整的話來，被大家抬到車上，送往了醫院。

約一個小時後，他才恢復了一絲正常的氣息。老者告訴劉驍勇，清晨他和兒子打算叫他們幾個人起床的，卻發現沙發上的劉驍勇已經不在了，而其他三個人卻躺在床上沒有動靜，走近一看，竟然臉上變了顏色，已然是渾身冰涼沒了氣息。接著，又發現裡間的兒媳遺體也不見了。

面對這奇怪的狀況，他們心中又是害怕又是驚慌，不知道發生了什麼事情。一面呼叫，一面出外查看，才在大道上發現了劉驍勇，以及兒媳的屍體。

聽劉驍勇斷斷續續訴說了他昨晚的經歷後，老者和兒子也是瞠目結舌，不知所措。早有村民幫著報了警。

劉驍勇得知三個同伴果然死掉了，又被嚇出一身冷汗來。他細想自己當晚的遭遇，恐怕在那最後的千鈞一髮之際，正是那聲雄雞鳴叫救了他的性命。雄雞一唱天下白，鬼怪只能在夜間作祟，一旦天亮便現原形。女屍被雞鳴驚擾失去法力，最後的奮力一擊，恰巧由於劉驍勇的忽然暈厥倒下，從而落空，女屍自身也收勢不住，十根手指便兇狠地插進了樹幹之中，一直保持著那個姿態。

3

最早住進來的人是一個年輕小夥子，和劉浩軒年齡差不多，大概也是畢業不久的學生，膚色白皙，長得有些微胖，鼻樑上架著一個黑框眼鏡。

劉浩軒透過監視，可以聽到他講電話的內容，有時候會向電話那頭介紹一些他個人過往的工作情況，以此推斷，他這段時間應該是處在一個到處投簡歷找工作的狀態吧。

過了幾天，又住進來了一位女孩兒。女孩也是二十幾歲，相貌算是中等偏上，反倒是身材曲線玲瓏，十分惹眼。劉浩軒觀察了一天，發現她竟然是做網路直播的，調音設備、補光燈等等，一應俱全。住進來的第二天下午就開始直播了。女孩入住前，應該是已經瞭解到隔壁是住了一個男生，但是她並沒有介意。而對劉浩軒來說，他其實也沒有奢望能夠有單身女生住進來，還是一位樣貌身材都不錯的女生，可謂是意外之喜。自然而然的，這個女孩引起了劉浩軒更大的興趣。

連日來，劉浩軒可謂大飽眼福，欣賞這位女孩兒的內衣秀已是家常便飯，甚至有幾次女孩身無寸縷的姿態也被他盡收眼底。劉浩軒有些興奮又有些得意，這可是那些觀看直播，不斷向女孩頻頻高價刷禮物跪舔的粉絲們所享受不到的福利。女孩直播時雖然穿著比較性感，但畢竟限於平臺的規則和要求，還是不敢過分露點的。粉絲們無限意淫的畫面，只有劉浩軒是親眼所見。

女孩的直播內容主要以唱歌和舞蹈為主，但在劉浩軒看來，不論是她的歌聲還是舞姿，都不能令人恭維，若不是有身材和臉蛋的加分，再加上美顏濾鏡的支持，單憑才藝表現，恐怕粉絲會跑掉一半的。

只剩下一間臥房是空著的。正是去年那位女租客燒炭自殺的臥室。據說，在密閉的環境下點燃木炭，隨著氧氣的不斷消耗，木炭會無法充分燃燒，從而產生大量一氧化碳。房內的人，便會因為一氧化碳中毒而亡。那名女租客就是這樣輕生了，令人唏噓。

如今住進來的那個男孩和那個女孩，應該不知道這所房子死過人吧，母親和他們交涉時，自然不會主動提起。但他們卻無一例外的沒有住到那間出過事的房間，不知道是不是偶然。

這間空房會住進來一位怎樣的人物呢？劉浩軒不無期待地想著。

總之，觀察他們的生活是一件很有趣的事。

想到這裡，他的嘴角露出了笑意。跟著直播女孩舞蹈的節奏，也輕快地在地板上扭動起來。

4

劉驍勇在醫院病床上癡癡傻傻地休養了幾天，才慢慢地緩過勁來，整個人似乎死過了一回。

「劉驍勇，為人不做虧心事，半夜不怕鬼敲門，現在你的三個同伴都遇害了，而你呢，恐怕這幾天也不好過吧？凡事都是有因有果的，我想先聽聽你怎麼說？」前來詢問的民警眼神非常的銳利，似乎話中有話，別有深意。

「您說的對，或許這就是自作孽不可活，其實我早就知道，我們這麼做，肯定會遭到報應的……而我擔心的事情果然發生了……」

聽著劉驍勇接下來痛徹心扉的悔悟，民警滿意地點了點頭。

原來，數月前，派出所接到一起報案，有一位老農下地幹活，在路過自家墳頭時，無意中多看了一眼，奇怪地發現好些花圈擺放的位置似乎和十幾天前下葬時有了很大的變動。他有些驚詫，忙上前一看，更是古怪，墳頭上的土似乎有新翻過的痕跡。一種不好的預感襲上心頭，他匆匆返回家裡，將這一異常情況告訴了家人。大家商量以後，又叫了幾個村鄰，一起掘開了墳墓。老農親自進入墓窯，看到棺材果然已經被撬開，因病過世的老伴遺體消失不見了，只留下一具空棺。

這已經不是派出所接到的第一起盜屍案了。在這位老農發現自家屍體被盜以前，其他村也遇到過同樣的狀況。而總結下來，這些被盜屍體都有一個共同的特徵，那就是無一例外的都是女性。

這讓接到報案的派出所民警馬上就聯想到了一個詞：配陰婚。因為在中國許多地區，都有這樣一種喪葬習俗，倘若一名男子還未完婚便意外去世，不管是否成年，家人為了維持他們人生的「完整性」，都會想方設法為他們尋找一個鬼妻，完成一段冥婚，這就是所謂的配陰婚。最開始，這種配陰婚、找陰親，通常也是有媒人居間介紹的，商定價格後男方家屬以聘禮的方式獲得女方遺體，再和自家的過世男性同穴而葬，完成陰婚。

陰婚風俗在民間十分流行，可是正好匹配到合適的屍源也不是那麼容易的事，且價格不菲。時間一久，便有人發現這其中有利可圖，動了歪心思，開始做起了從墳墓中盜取女屍的勾當，根據屍體的新鮮程度和年紀大小，甚至學歷高低來定價，賣給有需要的男方家屬，可謂一本萬利，財源滾滾。

派出所民警針對本縣接連發生的盜屍事件做了分析，認定極有可能也是一夥以配陰婚牟利的團夥所為。經過一段時間的走訪摸排，漸漸將重點鎖定在了以老楊為首，由劉驍勇等人參加的這個小團夥當中。他們留意到這幾個人平日裡遊手好閒，但花錢卻大手大腳，有時候行蹤也比較詭祕，相當可疑。尤其是那個老楊，是縣醫院太平間的看管員，有很多的機會和死者家屬接觸，假如有誰想要配陰婚的，他便可以第一時間得知。這些人盜取女屍進行販賣，自然需要一個及時又可靠的訊息源，而老楊從事的職業，顯然為他們提供了很大的便利。在老楊的手上，一定掌握著相當豐富的資源，一旦有需要，那麼他們這個團夥便會出動。

派出所已經盯上這幾個人有一段時間了，但由於目前處於推測和懷疑階段，沒有切實的證據，所以不好驚動他們，本擬等到他們下次作案時抓個現行，沒想到這四人竟遭遇了這番古怪詭異的屍變事件。

劉驍勇受了刺激，住院以後，反思良多，尤其是當天被女屍追逐，命懸一線之際，腦中曾閃回了他過往半生的許多荒唐行為，懊惱和懺悔種種情緒湧上心頭，如今死裡逃生，終於洗心革面，決意重新做人，在民警的詢問下，便全盤交代了他和三名同夥作案的整個過程。

和民警推測所差不多，這幾人果然是以老楊為首。老楊在醫院太平間工作期間，經常充當配陰婚的媒人，當發現這樁生意需求量意外之大，合適的女屍常常供不應求後，經過一番深謀遠慮，便動了鋌而走險盜墓尋屍的心思。不久後糾集了三騮、王大民、劉驍勇這三個狐朋狗友，大家見有利可圖，一拍即合。

劉驍勇清楚地記得，他們第一次從墓穴中挖掘出來的，是一個六十多歲的女人，雖然下葬不久，然而畢竟一把年紀了，恐怕男方家屬不太滿意。沒辦法，為了讓女屍顯得年輕一些，幾個人無奈只好親自動手，心不甘情不願地給屍體化了妝，甚至將胸部用一些海綿給墊起來，最後總算順利交付了買家。這一次獲利五萬，幾個人高興得分了贓。

嘗到甜頭以後，他們便一發不可收拾，在本市的不同縣區，先後挖掘了五座墳墓，所獲女屍都以幾萬、十幾萬不等價格順利賣了出去。

交待完畢，劉驍勇自然而然地被送進了看守所。

當走進拘押室後，他忽然看到了難以置信的一幕：那本來已經死去的老楊、三騮和王大民三人，居然都直挺挺地站在他的面前。

劉驍勇不禁倒吸了一口涼氣，明明已經死掉的三個人，為什麼會再次出現？他揉揉自己的眼睛，發現並沒有看錯，還是說，現在目睹的，只是三位同伴的魂魄？他現在已經成了驚弓之鳥，一念及此，差點暈將過去，負責押送的民警連忙把他扶住，笑道：「劉驍勇，你看清楚了，這就是你的幾個好搭檔。你不用害怕，他們都還活著呢！」

「這、這到底是怎麼一回事兒啊？」

民警笑著做解釋。

原來，自從派出所基本鎖定了這幾個團夥成員以後，從一些管道無意中得到消息的本地百姓，群情湧動，對這四個人恨之入骨，迫不及待地想讓民警把他們給抓了。但是派出所卻自有打算，通過對這幾個人的密切關注，發現最近某村莊剛剛下葬的一位女性已經成為了他們的目標，很可能不日內就要動手，民警已經就此制定了一個詳細的計畫，只待他們進入墓地，一旦動土開挖，馬上抓捕，人贓俱獲。

事實上，那天下午劉驍勇他們四個人駕駛著汽車，的確是打算去到那個村子裡，為盜墓工作做一些準備的。

然而，並不知道警方計畫的附近鄉民，當發現了這四人的蹤跡後，早已按捺不住，經過一番商量後，還是決定要好好地給他們一個教訓，大家很快制定了一個計畫。首先，在劉驍勇四人在加油站加油時，有村民故意上去和他們搭話，轉移了他們的注意力，另外有人便趁機在他們的轎車排氣管上做了手腳。

結果，就導致這四人駕駛的車輛到了半途，出了問題無法行動。這時候，作為實施計畫中的一員，開著小貨車拉著棺材的那位小夥子便出場了，看似是恰好路過偶然和他們相遇，其實一路都跟蹤著他們的。事情的進展很順利，果然這四個人在車輛拋錨以後，無可奈何之下，只好跟著小夥子去到了他家的旅店。

小夥子的父親故意為難地說家中客房已滿，小夥子便趁機提議考慮讓他們四人住進停屍的房子中去。這番話其實是半帶試探的，如果那四個人不拒絕，那是最好不過，可以繼續按計行事，直接讓女屍嚇他們一嚇；倘若四人拒絕，那麼他們還有辦法留住四人，小夥子的父親便會提出方案，讓幾個親戚去其他村村民家借住，然後騰出一間房來，讓四人居住。等到半夜，再用女屍來嚇唬他們。

沒想到，最後那幾個人竟然並不介意和女屍同住。其實想想也可以理解，劉驍勇這四個人自從開始盜墓以後，半年多來經常和屍體打交道，無一不是選擇月黑風高之夜，處於陰森恐怖的氛圍之中，現在聽說有一個年輕女人死了，當然是喜出望外，正好可以瞧一瞧「商品的成色」，哪裡還會覺得害怕呢。

四人既然如此的「配合」，恰可以讓村民的計畫更加順利地進行。除了劉驍勇，其他三人臨睡前飲用的茶水中都添加了安眠藥，所以不久後便呼呼大睡。到了後半夜，床上躺著的女屍——那當然不是一個真正的女屍，而是由活人扮演的，並且也不是女人，而是一位身體精瘦的男子經過了化妝——故意發出聲音來，引得劉驍勇清醒過來，然後又假裝吸收了那三人身上的陽氣。事實上，是他準備了麻醉氣體，讓那三人吸入鼻中，在短時間內陷入了昏睡，所以在劉驍勇聽來，本來發出鼾聲的同伴，不多時一點聲音也沒有了，很像斷氣似的。在「女屍」極致的表演和那種詭異的氛圍之中，劉驍勇自然嚇破了膽。

後來他看到女屍手指插入了楊樹樹幹之內，實際上是村民見劉驍勇暈倒在樹下後，用電鑽將楊樹鑽了洞，又將一具人造人體骨骼偽裝後擺在了楊樹前。那個時候劉驍勇幾乎已經被嚇傻了，從樹下醒來後，哪還有心思去分辨真假呢？

安眠藥、麻醉氣體，還有人造骨骼，都是從鎮上的一家診所裡借來的。而一切主意也是這家診所中一位很有學問的大夫制定的，成功致敬了蒲松齡《聊齋志異》中的一篇小說〈屍變〉：

陽信某翁者，邑之蔡店人。村去城五六裡，父子設臨路店，宿行商。有車夫數人，往來負販，輒寓其家。

一日昏暮，四人偕來，望門投止。則翁家客宿邸滿。四人計無複之，堅請容納。翁沈吟思得一所，似恐不當客意。客言：「但求一席廈宇，更不敢有所擇。」時翁有子婦新死，停屍室中，子出購材木未歸。翁以靈所室寂，遂穿衢導客往。入其廬，燈昏案上；案後有搭帳衣，紙衾覆逝者。又觀寢所，則複室中有連榻。

四客奔波頗困，甫就枕，鼻息漸粗。惟一客尚蒙矓。忽聞靈床上察察有聲。急開目，則靈前燈火，照視甚了：女屍已揭衾起；俄而下，漸入臥室。面淡金色，生絹抹額。俯近榻前，遍吹臥客者三。客大懼，恐將及己，潛引被覆首，閉息忍咽以聽之。

未幾，女果來，吹之如諸客。覺出房去，即聞紙衾聲。出首微窺，見僵臥猶初矣。客懼甚，不敢作聲，陰以足踏諸客；而諸客絕無少動。顧念無計，不如著衣以竄。裁起振衣，而察察之聲又作。客懼，複伏，縮首衾中。覺女複來，連續吹數數始去。少間，聞靈床作響，知其複臥。乃從被底漸漸出手得袴，遽就著之，白足奔出。屍亦起，似將逐客。比其離幃，而客已拔關出矣。屍馳從之。

客且奔且號，村中人無有警者。欲叩主人之門，又恐遲為所及。遂望邑城路，極力竄去。至東郊，瞥見蘭若，聞木魚聲，乃急撾山門。道人訝其非常，又不即納。旋踵，屍已至，去身盈尺。客窘益甚。門外有白楊，圍四五尺許，因以樹自幛；彼右則左之，彼左則右之。屍益怒。然各寖倦矣。屍頓立。客汗促氣逆，庇樹間。屍暴起，伸兩臂隔樹探撲之。客驚僕。屍捉之不得，抱樹而僵。

道人竊聽良久，無聲，始漸出。見客臥地上。燭之死，然心下絲絲有動氣。負入，終夜始蘇。飲以湯水而問之，客具以狀對。時晨鐘已盡，曉色迷蒙，道人覘樹上，果見僵女。大駭，報邑宰。宰親詣質驗。使人拔女手，牢不可開。審諦之，則左右四指，並卷如鉤，入木沒甲。又數人力拔，乃得下。視指穴如鑿孔然。遣役探翁家，則以屍亡客斃，紛紛正嘩。役告之故。翁乃從往，舁屍歸。客泣告宰曰：「身四人出，今一人歸，此情何以信鄉裡？」宰與之牒，齎送以歸。

事後得知真相的民警，實在覺得有點哭笑不得。他們自然是不鼓勵村民這樣做的，且使用安眠藥麻醉劑等也是非常危險的行為。但沒有想到的是，這一場「詐屍」的戲劇換來的結果比預料的還要好，本意是要劉驍勇受一番刺激，哪裡料到他痛定思痛，居然主動招供了犯罪事實呢。

5

盜墓賊被抓，可謂大快人心。至親之人的遺體遭到盜竊，家屬無一例外不在痛苦煎熬中艱難度日，現在派出所當務之急，自然是設法幫他們找回屍體，讓死者重新入土為安。

所幸劉驍勇這個盜墓團夥中的四人記憶力都不算差，為了戴罪立功爭取減刑，更是絞盡腦汁，極力回憶，幾乎將所有被挖盜屍體的下落都做了交待。

只是要讓死者家屬順利迎回屍體，這其中還有另一樁難處，需要派出所竭力去做調解。畢竟當初那些買家為了獲得一具女屍為親人配陰婚，也是花了大價錢的，就比如說其中有一位買家，他是自家的叔叔去世了，考慮到當年因為貧窮，叔叔終生未娶，沒能在生前讓叔叔盡享人倫，現在家裡有錢了，當然要為叔叔配一位陰妻，以盡孝心。為和老楊做成這一樁買賣，花了那家人十八萬，現在出了這種事情，那家人豈肯甘心歸還屍體？即便說好全數退錢，也無濟於事。所以在這方面，如何做通買家的說服工作，讓他們思想轉變過來，也很費一番腦筋的。何況，老楊這四人平時都是遊手好閒，賭博嫖娼無所不為，所有到手的錢財沒幾日便全部花掉了，向買家退款也成了問題。嚴格說來，這些買家其實也是受害者，他們對於盜墓之事大多數並不知情，因為神通廣大的老楊，每次都會帶去一些偽造的有關屍體來源的蓋章證明，讓那些家屬很難懷疑這些屍體來路不正。

這一項讓遺體「完璧歸家」的工作，雖然困難重重，畢竟還在有條不紊地慢慢推進中。但四人將所有盜屍罪行供述完畢後，民警發現了一件有些奇怪的事情。因為，被他們所盜賣的五具屍體中，竟然還有一具男屍。

這可有點奇怪了。

剩餘四具女屍無一例外都是用來配陰婚了，但那具男性屍體的用途，連老楊他們也說不上來。

「這怎麼可能？你們盜屍前後，不是都要和買家充分溝通的嗎？」

老楊蔫頭耷腦[6]地道：「這個屍體的情形不大相同，那個買家是比較神祕的。我們也不知道他為什麼非要買一個男人的屍體。當然啦，人家不說，我們不會多問的，只要價錢談妥了，那就好了呀。」

「買家的姓名，遺體賣到了哪裡，你們總該知道的吧？」

「這……也不清楚。」

---

[6] 貶義詞，形容一個人垂頭喪氣，無精打采的樣子。

「那麼是誰和你們聯繫的？屍體是怎樣完成交接的？」

「是那個人在醫院外面主動找上我的，聽了他許多奇怪的要求，我也有些吃驚。不過畢竟是生意嘛，有錢賺就好，管那麼多幹什麼？隨後每次見面，都是去他提前指定的地點。最後他吩咐我們把屍體送到一個廢棄的工廠裡，錢袋子他已經提前放到那了，我們拿了錢就走人，交易就這麼完成了。這個人呀，從頭到尾都透著些神祕，當然了我們也不管這麼多，說不定人家有什麼隱情呢。」

「這筆交易，你們拿到了多少錢？」

「最後商定的價格是八萬塊。他先付了我們三萬定金，事成後又給我們五萬。都是現金交易的。這傢伙提了這麼多的要求，哪有那麼容易辦的？所以我們也就漫天要價了。沒想到這個人還挺大方，花這麼多錢買個男人的屍體，我們也納悶。」

聽老楊說完，民警停下了握筆的手。誠如老楊所言，這個買家的確有些太過神祕了，做事遮遮掩掩，肯定有著什麼不可告人的祕密。

「你們有看到他的長相嗎？有這個人的聯繫電話嗎？你們要溝通，起碼有聯繫方式的吧？」

老楊搖了搖頭：「他戴著口罩，頭上還戴著帽子，只能看見一雙眼睛，只知道他是個男的。第一次見面後，我也問了，有合適的屍源了該怎麼聯繫他。那傢伙便告訴了我一個見面的地點，叫我只要是下午六點以後去找他，無論哪一天，他都會在那裡的。果然，前後我會見了他三次，他都在那個地方。我懷疑那傢伙每天六點以後，大概就會去那地方等著吧。」

「什麼地方？」

「縣城南不是有一座爛尾樓嗎，就在那外面。」

「聽口音，感覺他是哪裡人？是咱們本地的嗎？」

「那應該是本地人。」

民警一一記錄完畢，接著問道：「還有什麼情況要補充的嗎？」

「好像就沒有了吧？」

「好好想想！」

「啊，對了。他還提了一些很奇怪的要求。」

「哦？」

「本來嘛，花錢買一具男性的屍體，就已經很離譜了，沒想到那人還規定了身高和年齡，簡直比別人買一具配婚的女屍還要嚴格。他要求這個屍體的年齡在三十五歲左右，最好能夠確定為三十五歲，如果最後定為三十五歲的話，他可以多給我們一些報酬。另外就是身高呢，要保證在一米七左右。而且，不能有什麼殘疾。」

「這的確是很奇怪的要求。」

「不止這些，還有呢，他要求這個屍體是五六個月前去世的，相差不能超過這個時間段。」

做筆錄的兩位民警不禁面面相覷，按照老楊的供述，這個買屍男的行為，和他提出的這些要求，的確有些匪夷所思。此人到底有什麼用意，現階段真的很難猜測。

派出所決定，先將這樁盜屍案通知家屬，順道瞭解更多的情況。

此次老楊團夥供認的五起盜屍案，其中只有三家家屬報了案，也就是說，另有兩家人，在案發前並未覺察到親人屍體被盜，其中正包括這具男屍的家屬。

6

又過了十來天，有一位四十多歲的中年人不知道從哪裡瞭解了房子的出租資訊，聯繫了劉浩軒的母親，看了房子，最終決定住進來。

通過監視瞭解到這一幕的劉浩軒，微微一笑，自言自語地道：「啊，有一位大叔要住進來了。真是出乎意料的順利啊。不錯，不錯，馬上就要住滿了，三個不同身分、不同年齡的人住在一起，會發生哪些有趣的事呢，拭目以待啊。每個人在別人面前都會偽裝的，只有獨處的時候，或許才會露出最真實，甚至是最最齷齪的一面。孔子還是誰不是說過嗎，君子一定要慎獨。哈哈哈，有好戲看了呀。」

中午劉浩軒點了一份外賣，吃過飯有些犯迷糊，便躺在沙發上小睡了一會兒。醒來以後，順手又摸過手機，打開了監視軟體，豈料畫面一片空白，軟體提示網路斷開連接了。

怎麼會這樣？望著消失的畫面，劉浩軒徹底沒了睡意，心中有些忐忑不安。他有種不好的預感，難道說……祕密被人發現了？有人掐斷了網路？

他反覆地關閉軟體，打開軟體，始終都是提示網路斷開，他終於死心了。

過了好一會兒，他漸漸冷靜下來，暗道，不，或許是我想多了，網路寬頻偶爾出現故障，也是常有的事啊，說不定出租屋的網路只是單純出了問題。那就好辦了……需要我出面上門去檢查一番嗎？不，不用著急。不管是那個女孩，還是那個男孩，據他觀察，兩人都極度依賴網路的，那個男的是每天都在電腦下載各類正常的和不正常的影片，而女孩直播更需要網速的保證，恐怕不用他出馬，那兩人就會自己想辦法，或者主動聯繫運營商尋求解決的。

想到這裡，劉浩軒不禁鬆了一口氣。只是剛才手機監視軟體顯示斷網的那一刻，他第一時間怎麼會往事情的最壞的方向來考慮呢，甚至被嚇了一跳，果然是做賊心虛呀，他不禁自嘲。

然而，網路斷開以後，他頓時覺得空虛起來，渾身都不自在，過不了幾分鐘，便忍不住要打開手機查看一番，當每次監視畫面始終沒能如願顯現出來之後，他便不由得又在心中增添了幾分焦慮。

他在客廳裡走來走去，百無聊賴。

過了一會兒，他又產生了新的擔憂。倘若不單單是網路的問題，比如說家裡的電線線路老化了、接觸不良了之類的，那麼前去檢修的電工，會不會發現他佈置的監視呢？

應該不會這麼巧吧。劉浩軒搖了搖頭，努力讓自己放棄胡思亂想。

7

謝文峰正躺在床上刷影片，看完一部又是一部，就這樣靠在枕頭上一動不動，時間很快就過去了。這段時間找工作的進展並不順利，所以有點無事可做。忽然手機彈出了一條提示，您正在使用行動數據網路播放影片。

這意味著沒有無線網路了，現在影片是在消耗手機流量。謝文峰暫停影片，奇怪地看了一眼手機頂部的無線網路連接標誌，果然已經消失了。他不禁坐了起來，試著重新連接了一次，依然沒有什麼反應。

難道說沒網了？不會吧，這才剛住進來幾天呀？他記得分享器是在客廳角落裡放著的，趕緊走出去看了看。分享器上面有幾個燈，正常情況下應該是一直在閃爍的，現在全都不亮了……啊，不會是停電了吧？

他試著打開客廳的燈，按了開關後，燈並沒有亮起來，果然，是停電了。那只能等一等了，城市裡不會輕易停電的，停電了也會很快恢復的，他這樣想著。

此時，隔壁的女孩推開房門走了出來。她應該也發現沒電了。

「嗨，你也在家呢，是不是沒電了呀？」果然，女孩皺眉問道。由於家裡還有暖氣，所以女孩穿著很清涼，一雙修長的美腿暴露在空氣中。

謝文峰挪開視線，下意識地推了推黑框眼鏡，道：「是呢，我剛剛看過了，沒電了，也沒網了。」

「真是的，這是搞什麼呀？怎麼這個時候斷電了呀？」

「嗯，應該很快就會來的吧，城市裡不會大停電的，馬上就會恢復的。」他把自己剛剛心中的推斷說了出來。

女孩不滿地嘟囔著：「唉，搞什麼嘛，影響我工作！」

謝文峰是最早搬進來的，女孩晚他幾天入住。租的這房子隔音比較一般，所以女孩有時候在隔壁直播，一旦聲音比較大的話，他也能隱隱約約聽見，所以知道女孩是做什麼的。不過平常兩人聊天的機會也不是太多，主要是他也不太善於和女孩子溝通。他只好又說了一句：

「不用擔心，一會兒應該就來電了。」

女孩不置可否，嗯了一聲，回房間去了，順手把房門又給關上了。

他也打算回自己的房間去，忽然轉念一想，不知道是不是只有自家停電了，還是全樓都沒電了，他最好去鄰居家問一問。倘若只是自家停電了，那就有必要和女孩說一聲，兩個人可以商量商量，看下一步怎麼辦，是聯繫房東呢，還是直接聯繫物業比較好。

他思忖著，人已經走到了門口，就在這時，外面傳來了敲門聲。

謝文峰順手開門。但見門外站著一名四十來歲的中年男子，穿著棕色的工服，身上背著工具箱。

「你好，我接到物業反映說是咱們這邊停電了，我可以進屋去檢查一下嗎？」男子很有禮貌地說道。

謝文峰像是得到救星似的連忙請對方進來。

「是的是的，快進來看看吧。」

女孩聽到了聲音，也出來查看。

「怎麼了？」

「工作人員來了，已經知道咱們這停電了，一會兒就修好了。」

電工很溫和地笑著：「對，正在挨家挨戶排查故障，不用擔心。一樓已經檢查過了，不是他們的問題。」

客廳和浴室連接處有一處凸出來的牆面，牆上掛了一幅畫。電工抓住畫框向外一拉，這幅畫竟然變成了一扇小門。小門拉到一邊後，露出了隱藏的電閘箱。謝文峰不禁有點懊惱，心想我真傻，怎麼沒想到家裡應該是有電閘的，剛停電以後我也應該先檢查一下電閘的呀，說不定是跳閘了呢。

電工檢查電閘時，謝文峰湊到跟前看了一眼，發現所有閘刀都是處於合閘狀態的。

「沒有跳閘是吧？」

「對，不是這兒的問題。」電工把閘刀全都掰了下來，回頭道，「我得檢查一下插座。」

他先用電筆試了客廳的插座，又拆開做了檢查。

「臥房裡也有插座吧？讓我看看。」

謝文峰先領著他去了自己的房間，不一會兒也把插座拆了。謝文峰在旁看著，其實他對電路幾乎一竅不通。

隨後電工又去女孩的房間做了檢查，謝文峰也跟著進去了。這是他第一次進女孩的屋子，有些好奇地悄悄觀望著。見房子收拾得還算整潔，在電腦桌前有一個椅背很高的椅子，是那些網路主播常坐的那種大轉椅。電腦桌上還有麥克風和補光燈等設備，床上扔著幾件很漂亮的衣服。

最後電工去了還沒人入住的第三間臥房。謝文峰看見上午有一個中年男子由房東太太帶著過來看過房子了，聽那人的意思，是決定要入住的，但是還不清楚什麼時候搬過來，現在房門本身並沒有上鎖。

電工進去檢查了。女孩和謝文峰兩人便在外面的沙發上無聊地坐著，女孩回房間把果盤拿了出來，請謝文峰吃橘子。謝文峰說了聲謝謝，拿了一個。不一會兒男子便檢查完畢了，女孩說你先休息休息吃個橘子吧。電工擺了擺手。

謝文峰問：「問題找到了嗎？是我們家的原因嗎？」

「看起來也不是。你們對面鄰居我也檢查過了，現在得去三樓看看了。你們不用擔心，我保證，最多用不了半小時，肯定會來電的。不定誰家電線短路了。」

電工說完，拿著工具包走了。

「唉，早知道就不在這破地方租房子了。要是三天兩頭的老停電，那誰受得了呀？」

謝文峰覺得女孩有點擔心過頭了，安慰道：「不會的，不會老停電的。」

「你還吃不吃橘子？再拿兩個。」

「哦，不用了，謝謝。」

「拿上吧，拿上吧。」女孩又硬塞給他兩個。

謝文峰只得收下了：「那我不客氣了。」

「我先回房間了，拜拜——」

女孩對他的態度讓謝文峰回味了良久，尤其是那句略帶嬌媚的「拜拜」簡直要讓他的骨頭酥掉了。不得不說，這次停電也未必沒有好處呀，只是短暫的相處，似乎兩人的關係已經拉近了不少。平常兩人沒什麼交集，交談的機會也不多，女孩兒本身好像也挺獨立的，也沒央求過他幫什麼忙，所以一直缺少熟絡起來的契機。現在狀況明顯好轉了，相比於女孩第一次一聲不吭地回到房間去，這次她還特意說了一聲拜拜，就已經很顯然地說明了問題。雖然女孩入住以後，謝文峰表面上也沒有奢望過什麼，但從內心深處來說，難道真的一點奢望也沒有嗎？

他沒有回房間去，而是繼續坐在客廳的沙發上，吃著橘子，咀嚼著那甜絲絲的味道。

不知道過了多久，頭頂的燈忽然亮起來了。

「哎呀，來電了！」他驚喜地叫道，眼睛瞧著女孩的房門，故意提高了嗓音。不知道女孩聽到沒有，不過並沒有出來。

他略有些失望，拿起手機，看了一眼，發現好像還是沒網。去看了看分享器，燈已經在閃爍了，但是為什麼還是沒有網路信號呢？

這可難辦了。想著，他忽然靈機一動，連忙出門看了看，瞧了一眼樓道裡沒人，趕緊跑到了樓梯口。他租住的這是個老小區，樓層不高，並沒有安裝電梯。他猜測電工剛剛修好了電路，或許還沒走，若是從樓上下來，應該可以把他截住的。此人精通電路，對排除網路故障大概也懂吧。

謝文峰猜對了，電工果然還在樓上。謝文峰終於看到他下來了，忙攔住說明意圖。

電工很熱情地說：「是麼？那應該不是什麼大問題。我幫你看看。」

電工跟著謝文峰進來，沒有直接去檢查分享器，而是又拉開了牆角的一個小門，小門裡有一片空間，還藏著一個連著線路的分享器。

「啊，這裡原來還有一個分享器。」謝文峰驚訝地說道。

「這不是分享器，這是貓。」電工拎起那隻「貓」，調試了一番，拿出自己的手機，回頭問：「無線密碼是多少？」

謝文峰說了，電工先在自己手機上試了試。

「行啦，好啦。」

「啊，好啦？」謝文峰連忙掏出自己的手機，「欸，好像沒有……啊，有啦，有啦。謝謝你！」

「沒事沒事。那我先走了。」

「好好，你慢走，謝謝！謝謝！」

送走了電工，謝文峰為自己的機智叫好。只是女孩不知道在房裡幹什麼呢，肯定也聽見他們說話了，也知道有網了，但是始終沒出來過，這讓他未免有些失落。但轉念一想，這個時間點，女孩可能快要開播了吧，大概正在做一些準備工作，無暇顧及其他。也不知道她是在哪個平臺直播的，下一次找機會問問，這樣想著，他也回房去了。

8

手機監視提示斷網之後，劉浩軒一直在焦慮中度過。一下午整個人都有點神思不屬，他不時地刷一刷手機，然而發現還是一直連接不上。

「再等等！如果明天還沒有網，那我只能以房東兒子的身分親自出面了，不管怎樣，一定得把網路給弄好。」

正在他這麼自我安慰著，軟體忽然提示網路已經恢復正常，請刷新重試。

劉浩軒頓時喜上眉梢，點擊刷新，數秒之後，影片畫面重新出現了。

他迫不及待地切到了女孩的房間裡。看到女孩正在化妝，這是她每天直播前準備工作必經的一步。劉浩軒頓時鬆了一口氣，如釋重負，竟有一種劫後餘生的感覺。

他又把畫面切到了那個男孩的房間裡。男孩剛從客廳走進來，打開了電腦，戴上了耳機，像是準備打遊戲了。平常劉浩軒對這個男孩關注的並不算多，然而現在，竟也覺得對方變得無比親切起來。

「兄弟，加油啊，不要玩遊戲了，多多提升自己啊。只有這樣，才能早點找到心儀的工作啊！」

晚上六點多，上午來看過房的那個中年男子也來了。他帶的行李也不多，只提著一個很大的編織袋，也是「拎包入住」啊，唯一注目的是，他戴著山地車專用頭盔，並有一輛山地自行車，也推到了房間裡。

中年男子並不忙著鋪床，而是先將整個屋子打掃了一番，能擦的地方也都擦拭了一遍。其實，經過母親前期的收拾，臥房本身就挺乾淨的，但此人還是一絲不苟地又收拾了一回。記得那個男孩和那個女孩住進來時，都沒有這樣打掃過。看此人的年紀，和劉浩軒父母也相差不多，他不禁想起母親每次來看他，也是要把整個家裡裡外外好好收拾一番的。劉浩軒不禁感嘆，果然，還是上一輩人比較勤快呀。

不過，他暫時對這個中年男子失去了興趣，切到女孩的房間，去觀看她的直播了。

9

關於盜屍案件，負責向家屬做通知的民警叫做吳瑞林，是一位工作特別積極也很有想法的年輕人。他參加工作剛一年，同事們都親切地稱呼他小吳。

現已查明，那位離奇被盜的男屍名叫洪元元，是劉家窪村村民。小吳來到村莊，稍作打聽，便來到了洪元元家中。一位三十多歲的單親媽媽，身邊帶著一位十來歲的小女孩出現在了他的面前。

聽小吳說明情況後，這位單親媽媽無論如何也不能相信，居然會有人去偷盜自己老公的遺體。她慌忙聯繫了小叔子，小叔子又叫了幾個村民幫忙，大家一同去了墳地。走近了仔細查看才能發現，這墳頭上的野草都是新長出來的，原來的荒草都被翻進了土裡，可見果然有人動過墳頭。

大家連忙掘開墳墓，不出所料，只剩下了一副空棺材。

「吳警官，元元的遺體可就拜託你了，一定得幫我們找回來呀。」眾人將小吳團團圍住。

這正是小吳來此的原因。他安撫了眾人的情緒，然後問死者的妻子：「你老公當初是怎麼去世的？」

這位遺孀嘆了一口氣，說道：「是病死的。」

洪元元生前是一名裝卸工。他的妻子，名叫趙麗娟。她清晰地記得，那天她正在工廠上班，忽然接到了丈夫一位工友的電話，要她趕緊去一趟市裡頭，詳細情況先不要多問。那個時候，她就有一種不好的預感，擔心丈夫是不是受了工傷住院了？誰知和小叔子兩人一塊兒趕到市區以後，負責接送的人員卻沒有把他們拉到醫院，也沒有拉到丈夫上班的貨運站，而是直接拉去了殯儀館。當看到丈夫已經成為一具冰冷的屍體後，她隨即昏了過去。

後來，她從丈夫的一個工友處瞭解到，洪元元是半夜一個人死在了出租屋裡，早上才被人發現的。據一起幹活的人回憶，前一天洪元元在現場裝卸貨物時，便已經感覺身體有點不適。那時候正是酷暑時節，每天的氣溫都在四十度上下，空氣似乎都可以燃燒起來。裝卸工們便在這樣的高溫環境下搬送著冰箱、空調這些大件的重傢伙，可想而知有多麼辛苦了，那些人一整天下來，身上的汗水從來沒有乾過。在那種情況下，洪元元可能是中暑了，聽人說，他當時似乎也想過請假，但是組長說請假是要扣工資的。為了這來之不易的工錢，他咬了咬牙便忍了。

通過監視器，趙麗娟看到了丈夫最後一天的工作情形，這也是他生前最後的畫面。從早上八點四十開始，一直幹到晚上十點，除了午飯和晚飯休息了一個小時以外，幾乎都在搬貨，期間只是略作休息。可以清晰地看到，洪元元這一天疲態盡顯，休息的次數和時間都要比其他工友多，顯然身體不在狀態，可他還是硬扛了下來。

趙麗娟去了丈夫的出租屋收拾遺物，屋子裡只有兩個小電扇，即便那樣悶熱的環境下，他也捨不得花錢配上一台空調。趙麗娟多次勸過他要注意身體，對自己好一點，可也沒用。她知道，他只是為了多攢一些錢，讓她們母女的生活過得好一點。正所謂身上若無千斤擔，誰拿生命賭明天？

洪元元猝死之後，警方做了現場勘查也進行了表面屍檢，排除了他殺和刑事案件的可能。

死者已矣，活著的人生活還要繼續，然而可悲的是，由於丈夫是死在出租屋中的，居然無法被認定為工傷，物流公司始終不肯承擔工傷賠償，只願意以人道主義的名義給一筆數額十分有限的喪葬費。

趙麗娟隨後也諮詢過律師，也在市政府門前請願過，經過幾番奔波幾番交涉，她整個人已是心力憔悴，無力繼續抗爭，最終只得無奈簽署了協議，拿到了區區八萬元的賠償款。

秉承著落葉歸根的習俗，她打算將丈夫的遺體運回老家安葬，入土為安，誰料此時卻又遇到了極大的阻礙。原來根據規定，遺體一旦進了殯儀館，務必火化後才可以帶走，如有特殊情況確需運往其他地方，還需要去好些單位辦理簽字手續。趙麗娟又是幾番辛苦奔波，花了不少錢，才終於拜託本地的殯儀館，用專用車輛把遺體拉了回去。

為了生活辛苦勞碌，最終客死他鄉的洪元元，終於艱難回家。

「吳警官，你也看到了。元元歷經了千難萬難，才總算是入土為安，如今卻又遭人掘墳。請你無論如何，一定要找回他的身體，讓他瞑目呀！」趙麗娟說到最後，語音已經哽咽。

對於趙大姐的遭遇，小吳充滿了同情。他暗下決心，無論如何，一定要把洪元元的遺體給找回來。

10

劉浩軒早上打開手機軟體，無意中看到新入住的中年人從衣兜裡取出了一把卷尺。隨即將卷尺抽出好長一截，貼著地面，將整個臥房的長寬都測量了一遍，並記錄了資料。劉浩軒好奇地盯著螢幕，不知道他打算幹什麼，略一思索，似乎明白了，這個大叔大概是準備添置一些傢俱吧。

由於另一間房的女孩每天總是直播到半夜，現在還在被窩裡呼呼大睡，劉浩軒便暫時將關注點放在了這位大叔身上。

大叔出去了一趟，可能是吃了個早飯。回來以後，拿起掃把開始打掃客廳和廚房。廚房很少被使用，只有男孩煮過幾次泡麵，應該也不是太髒。但大叔還是一絲不苟地認真打掃著，看來剛剛搬來，他就把這裡當做了自己的家呀，尤其是客廳和廚房、浴室這種公共區域，他願意獨自收拾，實在難得。清掃完畢後，他又開始拖地。

一上午都在忙忙碌碌的，難免發出一些動靜來。劉浩軒不時把視角切換到了女孩的房間裡，發現她果然給吵醒了。她揉揉眼睛打了個哈欠，從被窩裡爬了起來，只穿著睡衣便去到了客廳裡。

「嗨，你好啊。」中年人一邊墩地，一邊笑眯眯地打招呼。劉浩軒知道，女孩應該是第一次和這個大叔照面，昨晚大叔搬過來的時候，女孩正忙著直播呢。他倒要看看，女孩被吵醒後會有什麼反應。沒想到女孩脾氣倒是不錯，只是有點驚奇又有點迷惑地看著眼前這位忙忙碌碌的大叔。

「歡迎你，我的新室友。」女孩很俏皮地說道。

中年人微微側著腦袋，很爽朗地道：「哈哈哈，我聽房東說，這裡已經住下了兩個年輕人。我還擔心我這個老傢伙會不會遭到嫌棄呢。我倒是很樂意和你們年輕人相處，那樣我也顯得年輕了。」

「那怎麼會呢？咱們房子總算是住滿了，以後熱鬧鬧的，別提多開心呢。」

「是啊，大叔，以後我們還有很多事要請你幫忙的。」劉浩軒看見另一間房裡的男孩也走了出來。他昨晚已經和大叔見過面的。

只聽男孩又說：「以後客廳的衛生咱們可以輪流打掃。」

大叔笑道：「沒關係的。這些活兒我已經幹習慣了。客廳啦廚房啦由我來收拾就行啦。你們房間裡有什麼垃圾沒有，都拿出來，我一會兒順手扔樓下就可以了。」

「不用不用。」

大叔毫不介意地催促道：「快快快。現在就把垃圾袋拿出來，順手的事。」

男孩堅持說沒攢下什麼垃圾。女孩笑嘻嘻地返回房間，把半滿的垃圾袋拎了出來：「謝謝哥。」

大叔道：「咱們以後就是鄰居了，藉著這個機會，正好互相認識認識吧。我叫閆小平，你們叫我老閆就行。」

男孩道：「我叫謝文峰。」女孩道：「你倆叫我小雅吧。」

大叔收起了拖把，道：「我瞧著呀，咱們仨的作息時間恐怕也不太一樣。以後我就下午打掃衛生吧，看妳的樣子，像是剛起來，不會是被我吵醒了吧？哈哈，是我考慮不周了。」

女孩吐了吐舌頭，笑道：「閆哥你可真體貼我們。咱們這裡我瞧著挺乾淨的，衛生也不用每天收拾，隔三差五的，打掃一次就行了。」

大叔無所謂地道：「沒事的。總之呢，以後你們有垃圾了，就放到客廳裡，我一趟都扔下去了。」

劉浩軒透過手機，聽了這位大叔的話，不禁暗覺好笑，心想這位大叔可真有意思，這是毫不見外地把自己當成了這倆年輕人的保姆呀，而且看來還有點樂此不彼呢，不知道他是就這麼隨便說說，還是真能夠長期堅持下去。

劉浩軒拿出紙筆來，把三個人的名字都記了下來。

望著眼前的紙筆，他忽然想，現在既然人已經住滿了，未來或許還會發生很多有意思的事情。把一些有趣的情節記錄下來，說不定還可以作為小說的素材。

11

小吳從趙麗娟口中瞭解到，她的丈夫洪元元生前並沒有和什麼人結怨，而她們母女最近也沒有得罪過什麼人。所以，得到洪元元屍體的人，應該不是和他們家有什麼仇怨。最重要的是，按照老楊的供述可知，那位買家並沒有指名道姓的要洪元元的屍體，只是因為洪元元的屍體恰好符合那個人對屍體的年齡，還有身高特徵等一系列的要求罷了。從這個角度來考慮的話，要想找回洪元元的屍體，只能從那位購買者的身分入手了。

小吳既然答應要替趙麗娟找回她亡夫的遺體，自然要全力以赴。他馬上再次審問了老楊，除了對這個神祕男子的身高體重，步態等有了一個詳細的瞭解以外，這一次他又意外得知了一個情況，那便是這神祕人和老楊見面時所戴的帽子並非一般的運動帽，也不是騎電瓶車或騎摩托車的那種頭盔，而是山地自行車專用頭盔。這可以說是一個非常有用的線索，因為，如果一般人要特意偽裝的話，恐怕不會專門去買一個山地自行車的帽子吧，這起碼可以說明，這個人本來就有一個這樣的帽子，或許，他本身就是一位戶外騎行的愛好者也說不定。

接下來，小吳立刻行動了起來。他讓老楊領著，兩人一塊去到了老楊和那人曾經多次會面的地點，也就是城南的那一片爛尾樓區域。

老楊指著爛尾樓一處斑駁的牆角說道：「我們幾次見面，基本上都是在這個位置的，也就總共見過三次而已。也沒有聊什麼別的，每次都是我收集了屍體的資訊，過來告訴他，然後由他拍板。他同意了，我們才會去挖啊。」

小吳問：「那麼，你有沒有看見他騎著一輛自行車呢？」

「這就不知道了，他怎麼過來的，我也不瞭解，我也不關心這些……呃，可能就像你說的，他大概有騎自行車。他不是老戴著那種自行車的帽子嗎？但是呢，自行車肯定沒有放在他身邊的。要不然我肯定一眼就看見了，他或許是把自行車放在附近走過來的吧。當然這也是我個人的猜測。」

小吳嚴肅地說道：「老楊，我覺得你這不行啊，你要想戴罪立功呢，就得要主動一點，好好地想想，把你知道的所有情況一絲不漏地都告訴我們。不能每次都是我啟發式的提問，我說什麼我問什麼，你才想起來回答什麼，這是不行的！要是你這種態度，我想幫你都幫不了。」

老楊馬上做出一副誠惶誠恐的樣子：「是是，我明白了，我再想想，有什麼新的情況，我一定第一時間向你們彙報的！」

回去的路上，坐在車裡的老楊忽然說道：「哎呀，吳警官，我總算想到了一個情況，不知道有用沒有。」

「那你快說呀。」

「是這樣的。呃，就是我記得是最後一次見面的時候吧，當時呢，我們已經聊完了，我準備走了，卻無意中發現了他似乎對著遠處招了招手。吳警官你說，他為什麼招手呀？這附近是不是有他認識的人呀？還是說跟誰打暗號呢？這，就是我突然想到的。」

小吳聽完之後，不由得精神為之一振，他感覺老楊分析的也是有點道理。小吳想像著當時的畫面，那人忽然一招手，很可能就是碰見什麼熟人了。打暗號什麼的，倒是應該不可能。因為，如果有接頭的人，那完全可以等到老楊走了以後再光明正大地去和他接觸、見面商量呀，根本用不著打暗號。所以說，那人招手的原因很可能就是不期然的遇到了什麼熟人，或者被什麼熟人看見了。某個認識他的人遠遠的和他揮手打招呼，他當然也只好招手作為回應了。嗯，極有可能就是這樣的！雖然說此人戴著帽子又戴著口罩，像是做了一副十足的偽裝，但這只對於老楊來說有效。老楊和這個人屬於陌生關係，所以當對方戴上口罩戴上帽子以後，他就很難對這個人留下深刻的印象，也無法獲知此人的面貌特徵，但是對於一個熟人來說情況就不同了，如果兩個比較相熟的人見了面，即便其中一人戴著口罩和帽子，通過他的體態特徵也極易辨認。想到這裡，小吳連忙把汽車調頭，兩人很快又回到了那片爛尾樓下。

小吳道：「你好好想想，他是怎樣打招呼的，是朝著哪個方向打招呼的？」

老楊歪著頭，認真回憶著，隨即舉起一隻手來模仿著那人打招呼的姿勢，道：「似乎就是這樣吧。」

「好，你保持這個姿勢，不要動。」小吳說道。他順著老楊打招呼的方向朝遠處看去。他注意到，老楊是微微揚著頭的。這表示什麼呢？表示老楊打招呼的人，很可能是站在高處的，而不是對面的平地上。

小吳認真觀察著馬路另一面的狀況。他發現，那裡有一片商鋪，一樓基本上是飯店。二樓朝向街道這一面的，有一家牙科門診，有一家服裝店，還有一家茶葉店。

莫非二樓當時有什麼人站在某家的店門口，遠遠的認出了和老楊會面的那個神祕人，神祕人無可奈何之下，只好給招手回應？

「喂，你和那人這次見面，到底是哪一天，你還能夠想起來嗎？」

老楊收回手臂，道：「具體哪一天這恐怕很難記得住了吧，這麼久了。」

小吳繃著臉道：「不行，無論如何你必須想起來。還有，你的那三個同夥呢，他們知不知道？他們對於你倆會面的時間有沒有印象？」

老楊苦著臉道：「他們恐怕不會知道的，因為每次都是只有我一個人去和他聯繫。你也別急，我給你試著推算一下吧。」

「哼，就知道你肯定能記起來，老楊啊老楊，我剛剛怎麼跟你說的，不敲打敲打你，你就是不願意主動跟我交代。」

「吳警官啊，這你可是冤枉我了，你想想這麼久的事了，誰能一下子想出來呀？你得讓我好好想想嘛。這樣，你給我找一份黃曆來。」

小吳瞪了他一眼：「要老黃曆幹什麼？」

老楊苦笑著做解釋。

原來，老楊他們在動土盜墓之前，往往都會去翻看老黃曆，來確定在哪一天動土最為適宜。老楊在這次和神祕人會面後，雙方便敲定了洪元元屍體為最終的目標。因此，老楊只要翻看老黃曆，就可以記起盜屍的準確日期。只要確定了盜屍的日期，向前推算幾天，就可以確定他們倆見面的時間。

小吳聽了老楊需要老黃曆的理由，也微覺好笑，說這些人膽子大吧，卻也有點迷信，難怪剛開始村民們以詐屍來嚇唬他們，最終能夠得逞呢。

12

監視日記（一）

雖然我不是每一分每一秒都在刷手機，但是即便每過上十分鐘或者半小時以後，再打開手機，也還是會發現閆小平一直在房間裡鋪瓷磚。

他的行為真是好奇怪啊。出租屋原先的地板是鋪了紅木地板的。現在居然被他拿出一整套裝修的工具來，錘子改錐鉗子什麼的，把人家木地板給拆了，接著又開始鋪瓷磚。這傢伙難道真的把別人的房子當成自己家一樣裝修了嗎？

難怪那天早上發現他拿著尺子把整個房間都量了一遍，那時候還奇怪他是要做什麼。沒想到居然開始搞起了裝修，真是要笑死人。

惹得住在另外兩間房的男孩和女孩，分別叫謝文峰和吳小雅的人，也都好奇地來看他這神一般的操作。每天叮叮噹噹的，沒有一刻停歇。還好，這傢伙也不著急，知道上午幹活可能會打擾到人家那個女孩睡覺，所以都是下午施工。

該如何評價他的這種行為呢？這應該能算是一種潔癖嗎？天天打掃衛生還好了，但是把別人房子地板拆了，然後自己再鋪瓷磚，可是頭一回聽說這種事情呀。還是說這是一種強迫症的表現呢，真是讓人難以理解。

13

小雅發現，閆哥這位大叔總會每天雷打不動，到了下午就開始打掃客廳廚房和浴室，真是說到做到。

小雅站在自己的臥房門口，歪著頭問道：「閆哥，你也太勤快了吧，搞得我都有點不好意思了。衛生全都讓你一個人打掃了。」

閆小平笑道：「沒事沒事，這點小活，我正好活動活動筋骨。你們該走走該踩踩，沒什麼的。」

小雅道：「可是也沒必要天天這麼打掃吧。當然我並不是說有什麼意見，只不過呀，我挺好奇的。」

「哈哈哈，小姑娘妳應該聽說過一句話吧：一屋不掃，何以掃天下！妳要記住大叔說的這句話呀。」閆小平笑著，繼續忙去了。

隨後，小雅和謝文峰又發現了更奇怪的事情。閆小平居然把他臥室裡的木地板全都拆了，敲擊的聲音驚動了小雅和謝文峰。兩個人站在門口，都瞪大了眼睛，異口同聲問道：

「閆哥你這是幹什麼呀？要拆家啊？」

「說什麼呢，這不是換地板嘛。」

「房東讓你換的？」

「沒有，我自己要換的。」

「那、那人家房東不會有意見吧？」

「哎，一屋不掃，何以掃天下？你們瞧瞧，他家這地板已經這麼舊這麼破了。免費幫他換了，他還不高興嗎？告訴你們，我以前可是幹過好多年裝修的。」

兩人面面相覷，又好奇又好笑，一時間倒不知道該說什麼了。

沒過兩天，閆小平陸續帶回來了一袋沙子、一袋石灰和一袋水泥，還有兩大捆瓷磚，暫時都堆在了客廳一角。閆小平說幹就幹，真的給自己的臥室裝修了起來。兩個人瞧著這麼大的陣仗，都是咋舌不已，簡直大開眼界。

這幾天因為施工的原因，閆小平便暫住在了客廳的沙發上。那輛山地自行車，也放在了客廳裡，靠牆立著。

「閆哥，你這自行車誰給你買的？為什麼這麼寶貝？放到樓下是不是怕丟了呀？」小雅問。

「呀，不好意思了，這兩天房子裡有點亂，所以呢就把自行車暫時放這了，是不是有點礙事？很快的，過幾天再搬到我的臥室裡去。」

「不是不是，我不是這個意思。我只是和你聊聊天嘛。」小雅忽閃著一雙美麗的大眼睛問道，「這自行車，誰給你買的呢？」

「嘿嘿，我女兒給我買的囉，這是她的一片孝心，當然是寶貝啦。可不能丟了，妳不知道現在的小偷是多厲害。不管妳是U型鎖還是鏈條鎖，人家用上液壓鉗，只一下子就能給妳剪開了，轉手就把車子賣了，妳報警也沒用，找都找不回來。街上丟自行車的事，我聽說的，那可是太多了。」

「哦，你女兒對爸爸真好了呀，應該差不多和我一般年紀吧。」

「她呀，沒有妳這麼活潑，不過呢也會唱歌。」

小雅有點不好意思地道：「哈哈哈，閆哥，你知道我唱歌呢？」

「當然了，有時候我可以聽見嘛。」

「啊，我忘了，你這幾天都是在客廳沙發上睡覺的。我平常直播得很晚的，是不是影響你睡眠了？」小雅吐了吐舌頭。有時候她難免在直播間裡對著那些粉絲講一些比較肉麻的話，讓一位幾乎朝夕相處的長輩聽見了，還是有幾分小尷尬的。

「沒有，沒有。聽妳唱歌呀，我睡得更香了。」

「那我唱得好不好？和你女兒誰唱得好？」

「唉，好久沒聽過我女兒唱歌了，不好比較呀……」閆小平臉上露出懷念的神情，卻並不耽誤幹活。他用膩子刮板[7]把水泥漿糊在地面抹勻了，穩穩地鋪上瓷磚，再拿起一把橡膠圓錘輕輕敲擊著，一面合著節拍，輕輕哼唱了起來。

或許那是他女兒平常很喜歡唱的歌吧。

[7] 膩子，是用來塗抹牆壁或地板縫隙的材料，如水泥、石膏等。「膩子刮板」是塗抹工具。

14

在老楊翻著老黃曆的回憶下，小吳總算知道了神祕人最後一次和老楊一起出現在那片爛尾樓下的具體時間。

他馬上去到了對面二樓的商鋪進行調查，希望能找到和神祕人打招呼之人。

其實這也是一個有點碰運氣的事。畢竟這裡的三家商鋪，服裝店和茶葉店的人流量應該比較大的，每個人逐一問詢，也是一個很大的工程。

所幸的是老楊清楚記得那天和那人會面的時間是在下午六點十分以後的，並且兩人聊了大概有十分鐘左右。也就是說，神祕人和樓上某個人打招呼的時間，寬泛一點，應該可以鎖定在六點十分到六點三十分這個範圍，這二十分鐘之內出現在商鋪門口的人才是小吳調查的重點。這樣一來工作量便瞬間少了，而且幸運的是，服裝店、茶店，還有牙科門診的門口都是有監視器的。如果站在二層商鋪，要和街道對面爛尾樓下的人打招呼，必須要來到門口的欄杆附近才可以。現在的監視器起碼可以保存三個月，還在期限之內。

小吳立即調取了這三家的監視。功夫不負有心人，沒有多久便取得了收穫，果然發現了一名男子站在欄杆前向下打招呼的畫面。更為幸運的是，這人是站在牙科門診門口的，大概率是來看牙的。

這就好辦了，如果是來服裝店或者是茶葉店的顧客，未必會留下身分資訊，僅憑監視中的畫面，再找出這人的下落來，也是要費一番功夫的，但如果這個人來看牙，牙科應該會留有他的個人資訊，想找到對方就輕而易舉了。

小吳馬上向牙科醫生進行了詢問，果然順利地得到了此人的電話，並很快約好了見面。

這人是個二十多歲的健壯小夥子。據他回憶，那天是去整牙的，由於前面還有好幾個人排隊，短時間內還輪不上他。他無聊起來，便來到門外，站在欄杆上消磨時間，隨後便注意到對面爛尾樓下有一個熟悉的身影。他於是大吼了兩聲，一邊招手和對方打招呼。

小吳急切地問道：「快告訴我他是誰？」

小夥子道：「他是我在戶外騎行時認識的一位騎友。四十多歲快五十的大叔了，自我介紹叫閆小平呀，還是閆小明呢，我也沒太聽清楚，反正呀我就叫他閆哥。」

「知道他住在哪裡嗎？有沒有聯繫方式？」

「哎呀，這還真把我難住了。我們畢竟也只是在騎行的途中認識的，這縣城附近適合戶外騎行的也就那麼幾條路。大家基本上都在那些道上騎，要能碰見，打打招呼就認識了。可通常大家也不會去深入到別人的生活中去。我沒有留過他的電話，只在一個騎行軟體上加了好友。怎麼，他出什麼事了呀？」

「這個嘛，你現在不用好奇，不是什麼大事，我們也還在調查。對了，你有他的照片嗎？」

「巧了，有一回我們一塊騎車，合過影。」小夥子說著，從手機相冊裡調出來照片。

小吳忙將照片發給同事，拿去讓老楊進行確認。

由於每次和老楊會面，對方都戴著帽子和口罩，所以老楊也不敢百分之百的確認，只是說一雙眼睛看起來很像，身材也像。

這個答案已經足夠了。小吳繼續向眼前的年輕人提問。

「我問你啊，你對他的印象怎麼樣？」

「為人倒是挺爽朗的。但是呢，一看他的身形，還是比較缺乏運動，畢竟才開始騎行沒多久吧，體力也不是太好。他也承認，是今年才開始騎行的。聽他的意思，說要運動起來，換一種人生，換一種活法。」

小吳點了點頭，道：「可以讓我看看你的騎行軟體嗎?你們既然加了好友，我想看看他的帳號。」

小夥子答應著，掏出手機打開了相關的運動APP，並點進了那人的主頁。小吳查看後，發現對方的騎行記錄在兩個多月前就中斷了，也就是說，對方已經有兩個多月再沒有使用過這個軟體了。不過，小吳還是很快就從騎行軌跡上發現了他想要的東西。

通常運動軟體都會記錄使用者的運動路線、運動時間等等內容，這款騎行APP也不例外。小吳查看了對方好多天的騎行軌跡，便已經總結出來，這人很多時候騎行的起點和終點都集中在一片叫紅土窪村的區域。這說明什麼呢？說明他的家很可能在這個村子裡。

小吳將手機交還給那個小夥子。他很滿意自己的發現，只是今天天色已經不早了，他決定明天一早，便去這個紅土窪村尋人。

15

監視日記（二）

每天盯著閆小平鋪地板，有點無聊死了，但不得不說他還是有一定水準的。畢竟他年輕時幹過裝修工。這才幾天呀，已經把地板磚完全鋪好了。他用了兩種不同顏色的瓷磚，白色和淺灰色的兩種瓷磚以一種不太有規律的形式交錯起來，在視覺上竟然還產生一種美感。

鋪地板的那幾天他都是睡在客廳，今天終於又搬回到臥房裡去了。

我以為他的裝修工作應該徹底結束了吧。誰知道接下來又發生了驚掉我眼球的行為。

他把鋪瓷磚剩下來的那些水泥和沙子攪和到一塊，又摞起磚頭，在臥室的三個角落裡，分別砌了三個半人高的正方形柱子。

他這是在幹什麼呢？完全是沒有必要的行為呀，鋪地板磚就算了，砌上這三個大柱子是什麼意思呢？這傢伙最近越來越奇怪了，他的行事作風真是難以用常理來判斷。

小雅和謝文峰似乎還沒有發現他的這一傑作，我倒很期待他們倆什麼時候替我問一問，聽聽他如何解釋這古怪的行為。會不會讓小雅和謝文峰以為這個傢伙腦袋不正常呢？

不過，他倆的腦迴路也未必能高明到哪裡去。我可記得很清楚，當小雅和謝文峰看到闫小平鋪瓷磚工作完成以後，居然也興奮地一起歡呼喝彩，好像自己也出了一份力似的，興高采烈地拍照留念。小雅甚至異想天開地還想著就闫小平的裝修活動進行一場直播，但最後被闫小平拒絕了。

這倆人，不會哪天忽然心血來潮，讓闫小平幫著把他們臥室的地板也給換了吧？

16

「瞧，這就是他家的房子。」

一位村民指著遠處的一片廢墟說道。

「哇，燒成這樣了，火災看來挺嚴重啊。」小吳望著眼前焦黑倒塌的房屋，十分驚訝。

他按照騎行軟體上顯示的地點，順利地找到了這家叫做紅土窪的村子，向村民們打聽一個喜歡自行車運動姓閆的中年人時，村民們馬上給出了回應。

「按照你說的，那肯定是閆小平沒錯了。」

「那太好了，麻煩你們哪位帶我去他家看看吧。」

「他不在家，他家房子被燒了。」

「哦，是嗎？」小吳吃了一驚，但還是堅持讓這些村民帶他去看看。村民自然好奇地打聽閆小平是不是犯什麼事了，小吳也只是語焉不詳地說一件案子需要讓對方來配合做個調查。

現在，小吳站在這燒毀的建築面前，簡直不知該說什麼好了，本來滿懷希望以為馬上就可以找到目標人物呢，現在卻只是面對著一片焦黑的斷壁殘垣。還好，鄰居家的房子並沒有受到殃及。

「閆小平他人去哪兒了？」小吳問村民。

「這就沒人知道了，按照他自己說的，是周遊世界去了。」

「周遊世界？」

「對啊，他房子被燒了沒地方住了，大家都很同情地問他怎麼辦。結果呢，這傢伙反倒哈哈一笑，無所謂地說，那我就騎著我的自行車去周遊世界了。」

小吳有些驚訝：「他騎著自行車去周遊世界？他年紀也不小了吧，這可是個體力活。」

「他又沒車，再說了也不會開車。總之呢，這傢伙這幾個月瘋狂騎行，不知怎麼的，忽然愛上運動了。」

小吳點了點頭。他認識的人當中，也不乏狂熱的騎行一族，這些人往往穿著專業的騎行裝備，成群結隊地四處馳騁，並互相交流騎行經驗，樂在其中。看來閆小平也加入了這個行列。他望著眼前的一片廢墟，問道：

「他的房子怎麼會著火呢？」

「那就不知道了，火災發生的時候是大半夜。他也是算是命大，躲過了一劫。」

「哦？怎麼說的？」

「正常情況來說，一般人大半夜的，肯定都在房子裡睡覺，對吧？他那晚偏偏出去了，才能平安無事。房子裡的一應傢俱基本燒了個乾淨，只有他和他那輛自行車完好無損。」

「他出去幹什麼了？」

「據他自己回憶說，那天晚上他睡到半夜迷迷糊糊的，不知道怎麼突然一下子醒來了，想起了他的自行車還在村頭老吳家的車斗裡放著。老吳的小貨車通常都放在路邊兒，小貨車倒不怕被人偷，但是他的自行車可很難說，如果被人偷了，那就很麻煩。所以他半夜爬起來又去村頭找他的自行車去了。就這樣躲過了一劫，等他扛著自行車回來的時候，發現房子已經著火了。火勢很猛，趕緊叫鄰居起來幫忙滅火，火最後滅了，可家也毀了。」

「起火的原因呢，調查清楚了嗎？」

「誰調查呀？」

「閆小平他沒有報案嗎？」

「我看老閆也不當回事，還說什麼燒了乾淨從頭再來呢，正好他騎著自行車要去周遊世界。這傢伙，倒是看得很開。」

小吳望著這成為的一片廢墟的房屋，腦海中隱隱產生了一個念頭。

小吳接著問：「他家裡人呢，沒聽你提到他家人呀？」

「家裡就他一個人了。老婆十多年前就和他離婚了，帶著孩子嫁到別的地方去了。」

「原來是這樣。那麼那天晚上為什麼他的自行車會在村頭另外一個人的小貨車上呢？」

「哦，那是老閆白天出去騎行，回來的路上自行車鏈子斷了，壞在半道上不能騎了。然後碰見了拉貨回來的老吳，老吳家是開小超市的，就把他捎回來了。兩人又在老吳家喝了點酒，喝多了是老吳把他送回家的，當然就忘了自行車的事了。後來嘛半夜又想起來了，這自行車呀，他可是當寶一樣的。」

「聽說他以前並沒有騎行的愛好？」

「對，是今年開春以來不知道從哪買了一輛自行車，然後就總愛騎著出去，到處轉悠了。」

「嗯。閆小平幾個月前有沒有什麼親戚去世呀？你知不知道？」小吳有這麼一問，是因為他覺得閆小平購買屍體會不會是為了家裡某個親人配陰婚呢？雖然通常情況下都是家屬為男性死者找一位女性死者來配婚，但也不能完全排除反過來的情況吧。

「這我就不清楚了。你再問問別人吧。」

小吳點了點頭，接著又問：「閆小平是做什麼工作的？」

「最早呀，是幹裝修裝潢的，後來呢不做了，又在一個廠子裡幹了幾年。結果呢，廠子也出了問題，聽說賠了他一大筆錢，他也就不去找活幹了，現在呀倒是瀟灑了，有錢周遊世界了。」

小吳謝過了這位老鄉，接下來又找其他的村民做了一些瞭解。大家說到的情況和這位老鄉的介紹都差不多。從大家的描述來看，閆小平人倒是挺聰明的，但是呢有點不求上進，曾有一度喜歡酗酒賭博，這才導致了他的婚姻破裂。今年不知為什麼好像忽然轉了性兒，喜歡上了運動，整個人的狀態似乎也不一樣了。

小吳從村民口中順利得到了閆小平的聯繫電話。他本來還計畫，如果村民沒有閆小平的聯繫方式，那可以通過閆小平所註冊的騎行軟體後臺，查出他的常用手機號碼。因為如今絕大多數軟體都是要實名註冊手機號碼驗證的。現在就不用這麼麻煩了。

望著存入手機的這一串號碼，小吳沒有直接撥過去。為了不打草驚蛇，他決定讓同事幫忙，先利用技術手段，通過手機卡定位來鎖定對方具體位置。當然了，前提是這個號碼他還在繼續使用。

他現在有點摸不清閆小平家中起火事件是意外，還是有意為之。不排除他意識到自己做了違法犯罪之事，終究難逃調查，遂一把火把所有可能的證據燒個乾淨，然後溜之大吉。

總之，先找到他再說。

二、燒炭自殺

17

監視日記（三）

完全沒有想到會發生這樣的事情，今天我是用一種相當複雜的心情來寫下這篇日記的。

閆小平出事以前是有那麼一點點徵兆的，可是這徵兆呢，又不是特別明顯。通過監視畫面，我只是留意到他今天的情緒好像有點不太高，神色也有點不太對頭，但根本沒有想到他會走上自殺的道路呀。畢竟那天晚上他還是很正常地收拾了客廳浴室廚房等地方的。

因為他這兩天房子裝修好了，只剩下這打掃衛生的無聊事情，所以我對他的關注也少了很多。

我只在那天晚上大約十一點多的時候，從手機監視裡發現在他房間裡有個鐵盆，有東西燒得通紅。那個鐵盆，是他當時鋪地板用來和水泥的。我將手機監視畫面放大，畫面也變得模糊起來，很費眼地才發現，鐵盆裡盛著的似乎是在燃燒的木炭。

這傢伙在幹什麼呢？

當時，閆小平還從床上坐起來，拿什麼東西挑了挑那些木炭，讓它們燒得更旺一點。那個時候我以為自己弄明白了狀況。現在是初春時節，天氣還是比較冷的。或許是這兩天屋裡的暖氣不太給力，所以他才生了火來提高房間溫度吧。

我也隱約想到過，燒木炭肯定是有危險的，一旦不能充分燃燒的話，恐怕就會產生過量的一氧化碳，對人體造成傷害。但是呢，又轉念一想，閆小平已經是這麼大年紀的人了，有著豐富的生活閱歷，肯定不會不懂得這一點的。他不時起身查看木炭燃燒情況，大概也是考慮到了這一點。

在那時的我看來，這完全不是什麼大事兒，也就沒有放在心上，時間不早了，我也就躺在床上睡著了。

可是第二天上午我再次打開手機軟體，卻發現閆小平沒有從床上按時起來，就預感到事情可能有點不妙了。那個時候我簡直不知道該怎麼辦。

我沒法去現場查看他的狀況，也不敢去報警，畢竟我隨意監視別人的生活，應該也是觸犯法律的。我可不想讓別人知道我在房子裡裝了監視器。

那時候的我只能自我安慰，並且寄希望於另外兩位房客小雅和謝文峰可以早點發現閆小平的狀況。

可是從早上到晚上整整一天，他們什麼也沒有做。

18

小雅睡到了中午才醒，點了一份外賣吃了，連著外包裝一起順手丟在了臥室門外，客廳一角。她現在已經習慣讓閆大叔幫她處理垃圾，既然人家樂此不彼，她也就卻之不恭了。

然而那天下午她總覺得什麼事有那麼一點點奇怪，可具體是什麼事呢，她也說不上來。到了晚上準備開播的時候，她突然想起來，好像今天起床後，到目前為止一直都沒有見過閆大叔。每天下午他都會雷打不動地打掃衛生，然而今天卻沒有，所以她才覺得有點奇怪。

可是她馬上就要開播了，並沒有繼續把這件事放在心上。第二天中午她睡醒以後，發現昨天的垃圾還在門口放著，才覺得很蹊蹺，因為這不符合大叔的行事作風，便忍不住去大叔的門前看了看。大叔的房門是鎖著的，她敲了敲門，並沒有人應。

難道大叔走了嗎？

晚上住隔壁的謝文峰回來了，她過去問他，大叔今天不在家嗎？謝文峰說可能是吧，昨天回來就沒見他開門，說不定去什麼比較遠的地方玩了，就在那邊過夜了吧。

看來謝文峰也不知道大叔的情況。好心的小雅拿出手機發了一條短信：大叔，今天怎麼沒見你了，你去哪兒了呀？

並沒有收到回音，小雅也沒多想，就繼續直播了。到了第二天睡起來以後，也沒有收到大叔的回信。

19

小吳向派出所上級領導申請以後，坐火車上來到了A市這座城市。通過即時定位，他的目標鎖定在了這座城市裡一處叫做天地壇的社區。如無意外，閆小平應該是住在這個社區的，大概是在這裡租了房子吧。如今的科技手段，定位誤差通常不會超過一百公尺的。

他先找到了物業，讓物業幫著聯繫這裡的業主，問清楚具體有誰家的房子一直在出租，然後再根據業主提供的出租人資訊，一一進行核實。這項工作雖然繁瑣，但還算是順利，半小時後，有一位業主證實，的確在半個多月前，一個叫閆小平的中年男子租了他的一間臥室。就在A座二樓二〇二房間。

這真是太好了。小吳馬上去了二〇二門外。入戶門是關著的，他敲了敲門。現在已是下午四點多了。

過了一會兒，才有一個身材微胖，戴著黑框眼鏡的年輕男孩過來為他開了門。

「請問你找誰呀？」

「有一個叫做閆小平的人，住在你們這裡嗎？」

「對呀，可是……這兩天不在家。」

不會這麼不巧吧？怎麼老是慢一步呢？

「那他去哪兒了？」

「不知道。大叔騎著個自行車，喜歡出去到處旅行。可能去哪玩了吧，不知道啥時候回來。」

小吳無奈地點了點頭，這倒是符合閆小平最近的一貫行事作風。

「那方便我進去嗎？我想看看他住的房間。」

「這個嘛……請問您是？」這男孩有點遲疑地問道。

小吳表明了身分，那男孩不再說什麼，讓他進了客廳，並指著最右手邊那間緊閉的房門說：「這就是他的房子，門是鎖著的。」

小吳走上前去，試著推了推房門，當然是推不開的。

小吳有點無語地撇了撇嘴，給這個男孩留了個電話道：「等他回來了你通知我一聲。你告他一聲也行，就說有人找他。」

「那……那好吧。」

小吳說完，本已經打算走了，一隻腳剛剛邁出大門，卻忽然覺得不對。如果按照這個男孩說的，閆小平騎著自行車出去旅行了，那麼他的手機即時定位就不應該鎖定在這個社區裡呀。他皺起了眉頭。

「怎麼了？」看到小吳忽然回頭，男孩詫異地問了一句。

「你確定他不在家？」

「呃……昨天早上就沒有再看見他。我們都起來的比較晚，倒也敲過他的門，沒人回應，那肯定是出去了。」

小吳瞪大了眼睛。

「這麼說你根本沒有親眼目睹到他出門，對吧？」

「那確實沒有。」

小吳快步走到閆小平的房門前，湊到鎖眼位置朝房裡瞅了一眼，發現什麼也看不到。

「看來不能再等了。」他喃喃自語，問那個男孩，「你認不認識開鎖的？」

「開鎖的？不認識呀。」

「算了，我聯繫物業吧。」小吳有種不好的預感，所以決定用特殊手段開門查看。

約十分鐘以後，開鎖公司的一位小哥來了。

在專業人士手裡，這種鎖簡直不算什麼，只消幾分鐘的功夫，鎖便被打開了。可是門並推不開。

小吳親自上前，試著推門，不成想卻受到了很大的阻力。他微微加力，房門總算慢慢推開了一點點，卻傳出了古怪的哧啦之聲，從經驗上來聽，像是膠帶從門上被揭下來的聲音。

小吳定睛一看，從微微開啟的門縫中果然發現了透明膠帶。原來，木門側沿和門框被一條豎長的透明膠帶從內側連在了一起。他忙蹲下去一看，木門下沿和地面之間也從內側被膠帶黏住了。再站起來，抬頭一望，木門的上沿和門框之間也是從內側被膠帶黏著的。

這個時候他再不敢用力推門，回頭問開鎖小哥工具箱中是否有壁紙刀。

開鎖小哥忙說有，找出壁紙刀遞給了小吳。他和戴眼鏡的男孩也預感到了事情不對勁，面面相覷。膠帶是從內側貼上的，證明房中應該有人，可是他們幾個在外面弄出了這麼大的動靜，屋內卻沒有絲毫的反應。

小吳想了想，先收起了壁紙刀。他讓開鎖小哥微微輕推房門，隨即拿出手機，將房門整體狀況進行了拍照留證，這才取出壁紙刀，通過門縫，將上下左右的膠帶全都慢慢劃開了。

這一次，房門被順利推開了。由於拉著窗簾，房間顯得有些暗，但是小吳還是一眼看到了身蓋棉被躺在床上一動不動的閆小平。

20

監視日記（四）

我充滿了內疚和懊悔。我多麼的希望我沒有在房間裡安裝監視器呀，閆小平的事就和我沒有一點點關係了。其實當時我發現他第二天早上一直沒有起床以後，我也沒覺得他是自殺了，只認為他可能出現了意外。

直到後來大家破門而入，我才知道原來他是預謀自殺的。

他燒炭的目的根本不是什麼取暖，用膠帶將門窗縫隙給堵死，顯然就是為了阻止空氣的流通，這樣一來隨著木炭的燃燒，氧氣越來越少，必然會產生大量的一氧化碳，那麼最後身處其中的他，是必死無疑的。

不幸的是我並沒有一分一秒地都在盯著手機監視軟體，也沒有無時無刻注視著閆小平的一舉一動，這才導致我徹底錯過了閆小平用膠帶密封門窗的影片畫面。如果我那時候便發現的話，一定會猜到他是燒炭自殺的呀。

他那天情緒不太好，大概是抑鬱症發作了吧。

哎，現在說什麼也晚了。

21

「這是結案報告。」A市刑偵大隊的一名警員隔著桌子把一份文件推到了小吳面前。

「哦，謝謝！」

「是自殺的。」這位警員說道。

小吳翻看著報告，苦澀地點了點頭。這個結論並沒有太出乎他的意料，閆小平死亡現場的狀況似乎早就預示著這一點。

那天當他去到閆小平出租屋，發現異常以後，立刻報了警。隨後確認閆小平已經死亡，案子便轉交給了當地的刑偵部門。

一開始小吳來到這座城市尋找閆小平，並沒有和當地的公安部門打招呼，畢竟只是普通的走訪而已，也不需要勞動兄弟單位出門協助。後續發生了死亡事件，那當然就是由人家來出面調查了。

現在結論已經出來了，閆小平的死乃是燒炭自殺。在臥室中的一個鐵盆裡發現了木炭的灰燼和部分未完全燃燒的木炭殘塊，窗戶和房門都是反鎖著的，各處的縫隙都被膠帶牢牢地封住了，膠帶上只發現了閆小平一個人的指紋。屍檢結果也顯示閆小平屬於一氧化碳中毒，死亡時間是在半夜四點左右。鼻腔和咽喉部位也發現了微量的炭灰。

以燒炭的方式來結束自己的生命，似乎變成了這些年來非常流行的一種自殺方式。在網上隨便一搜，便可以發現很多燒炭自殺的案例，而且死亡率極高。這些人有在自己房子裡燒炭的，也有去賓館開房燒炭自殺的。小吳參加工作以來，也曾經接觸過燒炭自殺的案子，那是在網上認識的一男一女，相約去賓館自殺，遂購買了木炭等物，炭燒了大約二十分鐘，男的忽然感到害怕了，勸女子放棄，無果後獨自離去了。後來女子身亡，那男的也被定性為故意殺人，進了牢獄。小吳那時便瞭解到，木炭在密閉的情況下無法充分燃燒就會產生一氧化碳，迅速和體內的血紅蛋白結合，從而讓人窒息直至死亡。很多人都是在睡夢中離開的。

望著眼前這份結案報告，小吳只有扼腕長嘆，他的運氣實在是有點太不好了。他如果能夠早兩天趕到的話，閆小平也不會死了。

可是閆小平為什麼會突然選擇自殺呢？這是很讓他在意的一點。根據兩個合租者小雅和謝文峰兩人的證詞，出事前的那個下午，閆小平還是表現得很正常。可是，到了晚上，發生了什麼重大的變故，讓他會臨時起意選擇自殺呢？只可惜，警方並未從屋子裡找到遺書之類的東西。

刑警隊的這名警員有點同情地道：「這次呀你算白來了一趟呀。當然，他雖然死了，但是他的人際關係還在，自殺的原因，這方面也可以深挖。有什麼需要我們協助的，儘管開口。」這幾天都是這位刑警負責招待小吳，所以對他來找閆小平的目的已經瞭解過了。

這警員又說道：「啊，對了，我們以前也處理過一起盜屍案件。不過，那個嫌犯盜屍的目的，也並不是配陰婚。」

「哦，這樣說來，屍體果然還有別的用處？」小吳瞬間來了精神。

「對，你要知道，現在有些地方呢，已經實行了火葬政策，就是說以後誰家有人去世了，不允許把遺體直接入土，而是要先行火化。但是吧，你也知道這土葬，是咱們老百姓幾千年來就有的習俗，許多人，尤其是好多農村地區的人呢，這個觀念一下子轉變不過來的。他們覺得親人死了，不能完完整整入土為安，是對死者極大的褻瀆。從而呢，這又催生了另一種違法犯罪模式，盜竊他人屍體代替火化。明白了吧？比方說有一家人，家裡有什麼人過世了，按照當地政策，必須拉到殯儀館裡去火化了。可他們又不想火化，那怎麼辦呢？這個時候他們就會找一些有門路的人，買另外一具屍體來替換。」

「哇，哦，原來是這樣。那麼我現在調查的這具屍體……」小吳高興地瞪大了眼睛，似乎看到了一點點曙光。

那警員卻擺了擺手，道：「不不不，你這具屍體的情況還是有點特殊的。我說的這種呢是針對那種新鮮屍體，就是剛剛死去的屍體才行，知道吧？他們用來代替火葬的屍體，通常都是那些流浪漢啦，或者一些其他原因不在戶籍上的人員，死後無人認領的屍體。當然也有那種剛剛下葬，然後就被人挖出來的。甚至還有一些喪心病狂的傢伙，為了尋找屍體，不惜殺人取命的。我們以前就接到過報案，有一名精神病患者失蹤了，後來被證實，就是被人誘騙殺害後，送進了火葬場，替了別人的遺體。但我說到的這些，都是新鮮屍體的範疇。你現在調查的這一具屍體，不是已經死掉大半年了嗎？不可能用來替換火葬的。到了殯儀館馬上露餡。我只是給你提供一個思路，就是說，你不要被一條思路局限住了。」

小吳認真地想了想，非常感激這位經驗豐富的老員警給他的啟發。他站了起來，和對方握了握手，道：「眼下我得先走了。有需要我再和你們聯繫。」

他和那人告辭以後，從警隊出來，叫了一輛計程車，不多時便去到了一家咖啡館。

他和閆小平的女兒閆一菲約好了在這個地方見面。

得知父親出事以後，閆一菲立刻在一位表哥的陪同下趕來了這座城市。雖然在死因調查期間，小吳已經和她見過面，但有許多事情還沒有來得及問她。

不多時，閆小平的女兒就來到了店裡。兩人各點了一杯咖啡。

閆一菲忽然站起來，向著小吳深深地鞠了一躬。

「謝謝你找到了我的父親。」她非常的真誠。

小吳連忙擺手示意她坐下。閆一菲大約二十出頭，應該剛剛才從學校畢業，穿著打扮還保留著明顯的學生氣。她紮著一個馬尾辮兒，面容十分清秀。

小吳明白閆一菲的意思。她這裡說的「找到」乃是委婉地表示小吳及時發現了閆小平的屍體。與他合租的兩個舍友似乎都是馬大哈[1]，壓根兒沒有想到閆小平會出事，都以為他可能出去旅遊了沒在家。當然也怨不了那兩個人，閆小平出事前確實沒有什麼徵兆。

小吳內心其實也充滿了自責和懊悔，未能早點來找閆小平。他也有一種向閆小平女兒致歉的衝動，想想還是算了，人死不能復生，現在說這些都是沒用的。

小吳道：「呃，妳也不要太難過了。前兩天刑警隊的人應該也問過妳了吧，妳爸爸在出事前並沒有給妳發過什麼消息，對吧？」

閆一菲難過地垂下眼簾，輕輕搖了搖頭，隨即又抬起頭來說道：

「所以我認為爸爸的自殺真的很難理解，這不符合他的性格呀。他前段時間跟我說，他要騎著自行車去四處旅行的。那時候我看他興致也挺高的。我經常和他聊天，他的情緒也很好的。」

「你們最後一次聊天是什麼時間？」

「爸爸出事前的三天。是我用微信影片打給他的。」

「你們聊什麼了？妳說當時他的情緒也不錯？」

---

[1] 是指為人隨意，馬虎，草率不靠譜。

「就是簡單的日常聊天，我說了我最近的生活情況和工作情況。他叫我工作不要太拚，要注意休息，要和同事們處好關係等等。我反正覺得爸爸的情緒挺好的。我還問他準備什麼時候回老家，他說沒有打算，總之呢就準備按照原來的計畫，在每個城市都待上幾個月，充分感受本地的風土人情，接下來再去下一座城市。你瞧，爸爸一直就是這麼說的。他有一個很長很長的旅行計畫的，怎麼可能突然自殺呢？」

「他有這樣的打算？」

「是啊。爸爸打算出門旅行的第一天，就這麼告訴過我了。」

小吳面色凝重起來。這麼看來，閆小平給人的感覺應該是一個很熱愛生活的人呀，這樣的人，會突然選擇自我了結生命嗎？不過也難說，也不是沒有那種反面的例子，許多平時看起來很樂觀豁達的人，其實已經不知不覺患上了抑鬱症的情況也是有的。況且警方的結案報告，是經過了充分調查的，並沒有發現什麼問題。

小吳想了想，問道：「你爸爸以前就喜歡旅行嗎？」

「這倒沒有了，也就是最近這幾個月他突然不知怎麼的，有了這個四處旅行的念頭，大概也是因為老家的房子起火被燒了吧，他也沒什麼地方住了，索性呀就到處旅遊散散心。我倒是挺提倡他這麼做的，到處走走，欣賞欣賞不同的風景，對人的身體狀態和精神狀態都有極大好處的。」

小吳點了點頭。

「其實前段時間，我已經在村裡瞭解過你爸爸過往的一些呃……不太好的經歷吧。他這種轉變到底是怎麼來的呢？其實我挺好奇的。」小吳還記得那些村民對閆小平的評價，說他年輕時候好吃懶做，喜歡賭博，嗜酒如命，這也是導致他婚姻破裂的一個原因。閆一菲的媽媽早已經改嫁，現在閆一菲也是跟著媽媽在另一個家庭裡生活。

「是的，以前許多人對我爸爸的評價不太高，包括我媽媽在內，但是在我的心中，他永遠是一個好爸爸。他們離婚以後我就一直跟著媽媽生活，每年見到爸爸的次數不超過三十回。但每次和爸爸待在一塊兒，我都特別的開心。去年五月份我出了一場車禍，在床上昏迷不醒。爸爸當時就向老天祈禱，如果我能夠順利地醒過來，那麼他就戒掉過往的一些壞習慣。而我呢，也非常的幸運，慢慢地恢復了身體。我的腿也受了傷，但經過不斷跑步和騎行鍛鍊，已經能夠行動如常了。那個時候爸爸陪著我一塊跑步一塊騎行，就是在那個時候爸爸也喜歡上了騎行。」

小吳感慨地點頭。女兒在父親心中永遠有著重要的位置，在關鍵時刻彼此可以汲取能量。小吳雖然目前還是單身，也還沒有結婚的打算，可是他也經常憧憬著以後一定要生一個女兒。

「原來是這樣啊。他的出租屋裡有一輛山地自行車。聽說是妳買的？」

「對，那是去年他生日的時候我給他買的。爸爸愛上了騎車鍛鍊，我當然要全力支持。可誰想到，他突然之間會這麼想不開呢？」閆一菲眼圈紅了。

閆小平的生活狀態發生如此重大改變的原因，小吳已經充分瞭解，可越是如此，他的自殺行為和有著重大嫌疑的盜屍行為，便越發顯得奇怪了。

盜屍案是發生在去年十一月份的……閆一菲出車禍住院，昏迷不醒是去年五月份的事情，時間上也好像沒什麼關聯。

小吳問道：「去年十一月的時候，你和你爸爸見面多不多？有沒有發現他身上有什麼異常的情況？比如說有心事啊或者什麼。」

「去年十一月……」閆一菲露出了沉思的表情，「嗯，我每個月和爸爸見面也就是那麼兩三回，去年十一月份，我和爸爸一塊去騎行了一趟，嗯，另外一次是一起吃飯。還有一次，也是一起吃飯，吃完飯就隨便逛逛。我沒覺得爸爸有什麼不對的。為什麼你要在意這個時間段呢？」

小吳聽了閆一菲這樣說，心中暗忖，即便閆小平當時做著一些什麼祕密的事情，肯定也不會讓他女兒知道的。他這次來找閆小平的目的，還沒有和閆一菲吐露。現在閆小平之死，對她已經是一個很大的打擊，如果她得知自己的父親可能還犯下了其他的案子，恐怕心理上會更加難以承受。可是為了尋找真相，最終小吳也顧不了那麼多了，便將他正在偵辦的案子以及對閆小平的懷疑簡單說了。

他的這次忽然自殺，和買屍案是否有關聯，也還是個謎。

小吳在敘述過程中，不停地觀察著閆一菲的反應，而她美麗的雙眼從頭到尾都是寫滿了驚詫。

「這、這真的沒有搞錯嗎？爸爸為什麼會做這樣的事情？」

果然，在他女兒這裡，針對這件盜屍案是問不到什麼的。閆一菲對此事一無所知。

小吳換了一個問題。

「出租屋裡的情況妳也看到了。房東太太和那兩個合租的年輕人都說，是妳父親把整個臥室的地板重新裝修了一遍。妳覺得這是什麼原因呢？他最近和妳聊天有沒有提到過這件事？」小吳對這件事也比較在意。畢竟，閆小平是在未得到房東同意的前提下，自作主張進行裝修的，這一點也很怪異。

提起這件事，閆一菲有點難為情又有點無奈地說道：「這個事情我倒是知道的，爸爸和我視訊聊天的時候說起過。我還提醒他甚至也想阻止他不要胡來呢，這畢竟是人家的房子，他怎麼能夠隨意地去進行改裝呢，如果被房東知道了，肯定會很不高興的，到時候惹一身的麻煩。」

「哦，那妳父親是怎麼說的？」

「唉，父親總是很不當回事的樣子說什麼一屋不掃，何以掃天下！我把這房子裝修得漂漂亮亮的，難道不好嗎，恐怕房東還得謝我。」

小吳點了點頭，這倒是和出租房的那兩名租戶給出的說法是一樣的。

不過小吳還是覺得難以釋懷。把人家的木地板給換成了瓷磚，這倒是還能理解，可是為什麼又在房間的三個角落立起了三根半人多高的柱子呢？這一點，那兩個合租的室友也不太清楚。

因為他們也不是天天去閆小平的房間，一開始也並沒有注意到閆小平竟然又在房間裡加了三根柱子，所以也沒有機會再問。

小吳把這個疑問說了出來。

同樣的，閆一菲也很迷惑地搖搖頭：「我也不知道這代表著什麼含義。」

小吳無奈地點了點頭，端起咖啡抿了一口，也喝不出什麼味道來。忽然，他的腦海裡湧起了一個有點荒唐的念頭，那具被閆小平買來的屍體，不會是被他用水泥封在了那些柱子裡吧？這個不期然而來的突發奇想，讓他自己嚇了一跳。

「怎麼了？」閆一菲顯然注意到了他臉上的表情有些古怪。

「啊，沒什麼。」小吳連忙道。他打定了主意，接下來很有必要要把那三個柱子給拆了，檢查一番。水泥藏屍的新聞，這些年他也聽說過不少。

閆一菲忽然又站了起來，向他深深鞠了一躬。

「吳警官，我始終不認為我父親是自殺的，這其中一定有哪個環節出了問題，我懇請你，不要這麼快結案。」

「基於什麼理由呢？」

「因為父親沒有自殺的動機啊。任何一個人自殺總有一個原因的吧。可是，我看不到父親自殺的理由。我已經說過了，出事以前他的狀態還是很好的，那兩個合租的室友不是也講了嗎？我父親看起來那天也很正常的呀。最重要的是，我是他的女兒，他最最疼愛的女兒，他怎麼會那麼輕易地離我而去呢？他……連一句告別也沒有嗎？」

說到後來，閆一菲聲音哽咽了起來，眼圈紅紅的，那柔弱無助的神態讓小吳也有些無措。

「妳快不要這樣……」正如閆一菲所言，閆小平自殺理由是什麼呢？這也是這幾天一直縈繞在小吳腦海中的一個謎團，他絕不肯糊裡糊塗結案的，隨即脫口而出，「妳放心吧，這件事情我肯定會繼續調查的，一定要弄個水落石出，給妳一個滿意的答覆！」

「啊，太謝謝你了，吳警官。」閆一菲充滿感激地望著他。

小吳鬆了一口氣，卻又怔了一怔。閆一菲的這個表情似曾相識，他在哪裡見過呢？啊，對了，在洪元元的遺孀趙麗娟大嫂的臉上，不是也露出過這種悲傷交織卻又飽含期望的表情嗎？

小吳瞬間感到了自己肩膀上沉甸甸的壓力。過了這麼久，幫助趙大嫂尋找洪元元屍體的任務還毫無進展，現在卻又拍著胸脯承諾要幫助閆一菲找出他父親自殺的真相，他真的有這個能力嗎？

但隨即，他又幹勁十足地握了握拳頭，語氣認真地說道：「這件事就包在我身上了！」

22

小吳和闁一菲分別之後，立刻聯繫了出租屋的房東太太，徵得對方同意，決定把闁小平臥室裡的三根柱子敲開檢查一番。房東太太對於闁小平這種私自改造別人家房子的行為，先是不滿，隨即又變成詫異，現在也總算是一種或可接受的心態了，但她也早看那三根柱子不順眼了，既然有人願意幫她拆，那她何樂而不為呢？

小吳馬上聯繫了消防人員來拆除這三根柱子。最後的結果，卻證明他的想法確實有點異想天開了，這三根柱子內並未藏有任何事物，只是水泥、石灰和沙子的混合而已。無奈之下，又把地面的瓷磚撬了起來，檢查後也沒有發現什麼異常。

想想也是啊，闁小平騎自行車出門旅行，怎麼可能隨身背著一具人的屍體呢？

送走了消防人員，小吳也帶著失望的情緒準備離開社區了，這時，他無意中聽見有幾個居民在附近竊竊私語。

「這果然是個凶宅呀，去年就死過人。但是總有一些不信邪的，非要再住進去，這不又出事了嗎？」

「是啊是啊，還不止這一點呢，去年死的那個女的，你們知道是怎麼死的嗎？也是燒炭自殺的呀。今年這個也是，你們說是不是很邪性呀？」

小吳聽到這裡，頓時留心起來。他快步走過去，客氣地和他們攀談。幾個大媽你一言我一語地向小吳講述了去年的那起自殺事件。

去年這棟房子裡住的是一家三口。有一天孩子去上學了，老公也去上班，家裡的女主人就把臥室給鎖起來，進行了燒炭自殺。至於自殺的原因嘛，這幾個大媽莫衷一是，有說是她老公婚內出軌了，有的說是這個女的精神有問題，有的說得更玄乎，說是這女的被什麼不好的東西附身了。

小吳姑且聽之，和幾位大媽又打了幾句哈哈便離開了。他隨後連忙又聯繫了A市刑警大隊那位大哥，瞭解瞭解這起事件的情況。

「好，我明白了。我幫你查查案件記錄吧。」

沒過一會兒，這位刑警大哥便把電話打了過來。

「哦，那件事啊，那也是一起自殺案件，沒什麼疑問。那個女的本身就有抑鬱症，也看過醫生，經常服用藥物，這些都是有記錄的。她自殺的那一天呢，還在朋友圈[2]裡留了一段遺言。

---

[2] 朋友圈，是微信（WeChat）中的一個社交功能，類似於Facebook動態或Instagram貼文。

可惜朋友還是發現得太晚了，他老公上班忙，也沒有看到手機。等朋友打電話聯繫那女的時候已經聯繫不到了，所以就趕緊報了警。派出所接警以後第一時間就去了現場。臥室被反鎖著，也是門縫裡、窗縫都貼了膠帶。打開門以後炭都還沒燒完呢，但是人已經沒氣兒了。就是這麼個事。哎，你說現在的這些人呀，都是從哪裡掌握到的這種燒炭自殺的方法呢？像一個個都是無師自通似的，而且成功率都相當的高。」

「那個女的木炭是從哪裡來的？」

「她是網購的。」

「謝謝大哥，又麻煩你了。」

「哎，說這些幹什麼呀。不過呢，這事兒呢，確實也稍微有一點點邪乎。去年燒炭自殺死過人的房間，今年又有人燒炭自殺了。當然這種概率也不是沒有。調查報告你也看了，閆小平確實是自殺無疑。和去年的事件應該沒有關係。你要不放心，我可以幫著你查一查去年死的那個女的和這個閆小平有沒有關係。你接下來走訪閆小平人際關係時，也可以留意一下這一點。」

「我知道了，大哥。」

他又想到了閆小平用來自殺的木炭來源，閆小平並沒有去超市購買木炭，也沒有在網上購買木炭。最後通過分析和推斷，木炭似乎是來自於和他合租的那個女孩。那個女孩是做網路主播的，她前段時間買了一個燒烤架子和一箱木炭，用來做美食直播。就在閆小平自殺的前一天晚上，她剛剛用過一些，箱子裡還留了很多木炭。閆小平很可能就是偷偷地從她箱子裡拿了一些木炭。因為木炭箱平常就是在廚房裡放著的，任何人都可以拿到。箱子外面也發現了閆小平的指紋，並且閆小平死後，那只鐵盆裡殘留的炭塊和木箱子裡的屬於同一批產品。當然也不能百分之百的確定，因為箱子裡的木炭已經被使用過一次，所以女孩也沒法確定到底還剩下了多少塊木炭，有沒有被人動過或者拿過。雖然箱子外面也有閆小平的指紋，但是鑒於閆小平每天都有打掃衛生的習慣，廚房客廳浴室，他都會打掃的，那麼順手搬動了箱子也是很平常的事兒。

不過沒有再找出木炭的其他來源，閆小平從這個箱子裡拿走的概率還是很大的。

可是就像閆小平的女兒閆一菲提到的那樣，閆小平自殺的理由是什麼呢？弄不清楚這一點總讓人如梗在喉，很不舒服。就說去年在出租屋裡自殺的那位女房客，起碼人家是實打實的有抑鬱症，而且呢，死前還在朋友圈裡留下了遺書。閆小平死的就有點突然，讓所有人都猝不及防。可如果說他不是自殺，那便是意外或者他殺。但在那種密封的環境下，假如有一個兇手的話，該怎麼樣完成殺人呢？最重要的是窗縫門縫的膠帶都是閆小平從內側親手給封住的，膠帶上閆小平的指紋，並沒有任何不正常的狀態。小吳破門而入之時，也十分確定房間裡當時只有閆小平一個人，並沒有任何人可以躲藏的可能性。

他放棄了繼續胡思亂想，將注意力放在了考慮下一步該幹什麼。

23

小吳本想著，留在這座城市已經沒有必要了，所以打算買票回去。可是他忽然又想起一件事，那便是閆一菲提到過，他爸爸曾講到過是要到處旅行的，通常會在每個城市待上好幾個月。現在，閆小平在這座城市只待了還不到兩星期，那麼他的前一站是在哪裡呢？他是從什麼地方過來的呢？這引起了小吳的好奇。

想到這裡後，他馬上給派出所同事打電話尋求幫助，讓他們再通過技術定位手段，查一查閆小平以前的行程。

同事道：「這也不是不行。不過呢，不用那麼麻煩，我還有個辦法。我先幫你查一查閆小平前幾個月有沒有過網上購物記錄，知道了收貨地址，那麼他的住處自然也就知道了。」

果然，這一招很不錯。小吳很快便得知了閆小平在上一處逗留過的地點，那是距離此處不算遠的另一座城市Ｂ市。

他馬上改換了去往Ｂ市的火車票。他乘坐的是普通列車，花了一個小時到站。看來耗時不是太久，但其實兩個城市間的距離也有上百公里了。以閆小平的年齡和體力，騎著一輛自行車在城市之間長途跋涉恐怕不是一件容易的事。小吳在出租屋裡見過他日常騎行的那輛自行車，是可以折疊起來的，那麼對於長距離的旅行，恐怕他有時候也會乘坐交通工具，並將自行車進行托運吧。另外現在人們也習慣於順風拼車，將自行車放入轎車的後備箱一併運走，也不失為一個好辦法。

出站以後，依照收貨位址上的資訊，計程車司機將他帶到了目的地。這裡也是一座有些年代的老社區。利用差不多同樣的辦法，小吳順利找到了房東。

這是一位年過七旬的老人家，精神矍鑠，並不顯老態。當小吳說明來意後，老人「哦」的一聲：「這個傢伙呀，我當然記得他！」老人的嗓音非常洪亮，神色中明顯帶著不滿。

「他在你家住了多久？有什麼古怪的事情嗎？」

「這傢伙犯事了是不是？要不然你也不會來找他了吧？」老人反問，似乎已經認定了閆小平不是一個好人。

「那倒不是，是他自殺了。」

老人驚詫地瞪大了眼睛，態度才有所緩和下來。

「這樣啊。」老人搖了搖頭，隨即說道，「當然了，這個傢伙的行為這麼古怪，做出什麼事情來也是有可能的。」

「您為什麼這麼說？他在您這裡住了多久？」小吳又問了一句。

「你跟我上來吧。」老人沒有直接回答，而是領著小吳朝樓裡走去。閆小平就租住在一樓。老人走到左手邊的一戶門前，砰砰砰敲了幾聲。此時已經是中午時分，還好出租屋裡有人在家。小吳也是掐准了這個點讓房東過來的。

不多時有一個男生給開了門。老人說了聲看房子，便領著小吳走了進去。這也是一個三居室的房子，不過光線有點不太好，雖然是白天客廳裡還亮著燈光。

「他就是在這一間住的。」老人說著推開了右前方的一扇門，屋子裡光線也稍微有點暗，老人順手開了燈。

小吳一走到門口，便有一種似曾相識的感覺，差一點驚訝地叫出來。原來，這間臥房的地板瓷磚顯然也是最新鋪過的，由深淺兩種顏色的方形瓷磚所鋪成，風格粗看下來幾乎和閆小平去世那出租屋地板是一模一樣，更讓人驚奇的是，在房間的三個角落裡，同樣也豎起了三根粗大的柱子。唯一有所區別的是，自殺出租屋中的三根柱子幾乎都緊貼著牆角，而眼前這三根柱子，其中有一根卻和對應的牆角有著一定的距離。

不用想，這肯定同樣也是閆小平的傑作了。

這真是太讓人吃驚，閆小平為什麼對他租住過的每一間房子都進行一番裝修呢，這樣的行為也太過於匪夷所思了吧。尤其是那三根古怪的柱子，不會是用來進行什麼神祕儀式的吧？

「你瞧瞧？看出什麼問題了吧？」老人有點生氣地說道。小吳說道：「他把房間地面的瓷磚更換過了。」

「誰說不是呢？」老人一談起這件事就來氣，「這個傢伙簡直是胡作非為。我好好的房子，看看被他折騰成什麼樣子了！」

果然，每個人的性格和看待事物的態度都是不同的。閆小平出事的那家出租屋的房東太太發現房屋被人改裝以後，雖然也驚訝，但最後卻坦然接受了，並且覺得改裝後的房子比原來鋪的木地板還要好一些，所以並未大發雷霆。而眼前的這位老人，卻對於別人隨意破壞自家的房屋結構感到非常的憤怒。

「他改裝房屋的時候，你一點也不知道了。」

「我哪裡會知道？沒有事情，我幾個月也不過來一趟的。房子已經租給別人住了，沒事我天天上門幹什麼？要不是這傢伙偷偷溜了，他找我退租的時候，我絕對饒不了他。」

「他掏了幾個月的租金，一共住了多少天？」

「交了三個月的房租，住了大概有不到兩個月吧。也沒來問我要多餘的租金。」

小吳對現場進行了拍照。他望著窗臺邊的一盆花問：「這是誰的花？」

老人道：「那傢伙自己買的吧。」

這是一盆月季花，只不過幾乎快枯萎了。小吳想起在閆小平出事的天地壇社區出租屋裡其實也有一盆花，只不過呢那盆花，花枝齊根被人剪斷了，也就是說實際是上只剩了一個花盆。

那時房東太太也說，那花盆不屬於她家的，應該也是閆小平買的。

如今看來，在出租房裡擺上一盆花，也是閆小平的另一個習慣吧。

為他們開了門的那個小夥子忍不住插口說道：「這個大叔呢，其實也是個好人。他說他以前就是幹裝修的，貼瓷磚的活對他來說根本不算什麼。」

「哦，是嗎？」小吳轉頭望著他，示意他繼續說下去。

小夥子接著說道：「這大叔肯定有潔癖，住進來以後我可省事了，所有公共區域的衛生都被他一個人給包了。我說大叔你也太勤快了吧，他卻呵呵一笑，說什麼一屋不掃何以掃天下。」

這和閆小平自殺時住的出租屋合租男孩女孩的說法是一樣的。

「一屋不掃，何以掃天下」這句話，小吳很早以前也聽說過，也不知道是不是從課本上讀來的，總之這句話也很好理解，也就是說，一個人要做大事，如果連自己的屋子都收拾不好，那麼其他的就不要談了。

小吳又拿出手機，特地上網搜了搜，網上的解釋，是說這句話是從其他古書記載中變化出來的。真正的原文是：「一室之不治，何以天下家國為？」——《習慣說》劉蓉（清）。

《孟子》中也有記載：

> 陳蕃字仲舉，汝南平輿人也。祖河東太守。蕃年十五，嘗閑處一室，而庭宇蕪穢。父友同

郡薛勤來候之，謂蕃曰：「孺子何不灑掃以待賓客？」蕃曰：「大丈夫處世，當掃除天下，安事一室乎？」勤知其有清世志，甚奇之。

小吳收回手機，又問這位租客：「還有呢，你沒有問問他為什麼要更換別人房子的瓷磚。」

「他其實也說不出什麼理由來。我多問幾句的話，他還是拿一屋不掃，何以掃天下這句話來回答我。那我也就懶得多問了。他一般都是等我出去上班不在家的時候，才開始施工的，基本上也不影響我。」

小吳也能理解合租者的心態，對於別人的事情，只要不牽涉到自己的利益，又何必多加干涉呢？

「他還有一輛自行車吧？」

「對呀，他女兒給他買的。他非常珍惜，每天都放在房間裡，很怕被人偷了。聽他說，很早以前就和老婆離婚了，現在他女兒是跟他媽一塊生活的。」

這樣看起來，閆小平並不諱言自己的家庭生活，別人和他聊天，他都會說的。可是，目前掌握的這些資訊對於小吳的調查而言似乎並沒有起到什麼作用，反而更增添了閆小平身上的神祕色彩。

「你和他接觸的過程中，有覺得他有什麼古怪或者不太正常的地方嗎？」

「沒有啊，我感覺他從頭至尾都挺正常的呀。沒事的，你要打算租了，就趕緊搬過來。現在大叔走了，我一個人在這住也挺無聊的。」

由於小吳並沒有亮明自己的身分，而老人也沒有特意的說明，這個小夥子便把他當成了一位求租者。

小吳笑了笑，也就不刻意去解釋了。他總是不肯死心，徵得房東的同意，又叫人過來，把那三根水泥柱子給拆開了。當然最後的結果也是令人失望的，並沒有發現什麼人體的屍骸。

24

小吳這一次是真的要回去了。他雖然瞭解到了閆小平的種種怪癖，然而他的主要目的卻一個也沒有達成。

閆小平旅遊便旅遊吧，為何要替換人家出租屋的瓷磚呢？這莫非是一種什麼儀式嗎？小吳忽然想起了外婆家那條大黃狗，每到一處都要撒尿留標記的情形。他趕緊將這個念頭從腦海中驅逐出去，這樣想，也太褻瀆死者了。

坐上火車，他又聯繫了閆一菲。他先把今天的發現告訴了她。而閆一菲也和上回一樣，全然無法理解父親裝修出租屋的用意。隨即小吳問起了出租屋裡的那兩盆花的事情。

「父親應該只是單純地喜歡養花吧。」閆一菲回憶說，她小時候和父親還在一起生活時，父親的院子裡就種滿了各種花，都是父親親自栽種。即便她後來和父親分開了，偶爾回去看望父親，也能看到父親的院子裡還是有很多花的。

小吳一邊聽著閆一菲在電話中的敘述，一遍默默地點著頭。這樣看來，放在出租屋裡的這兩盆花，並沒有什麼特殊的含義了。接著他又問到了閆小平做裝修工作時的一些情況。然而這一點閆一菲卻回答不上來了。她幾乎沒有關於父親工作方面的一些記憶。這也很正常，她和父親生活的時候，年紀還小，本身就對於大人的工作內容不感興趣，而且也接觸不到父親工作的環境。

看來，有必要找閆一菲的母親問一問情況。小吳忽然想到，閆小平去年因為工廠事故曾獲得一筆數額不小的賠償，他既然自殺了，這筆錢不會不予處理吧。

「妳有沒有查看過妳父親的銀行卡裡還有多少存款？」

「整理父親遺物的時候，我打開爸爸手機上的APP帳戶查看過了。他的密碼我知道，就剩下不到三萬塊錢了。我本來還擔心是不是有人因為錢的事害死了我爸爸。但爸爸的錢基本還在。」

小吳皺起了眉頭：「三萬塊錢？這不對吧，你知道你父親有多少錢嗎？我可是聽說他當時上班的工廠出了事，賠了他二、三十萬呢。」

「這個我知道的，爸爸去年把二十萬都轉給我了，給了我媽五萬，他自己只留了五萬。」

「什麼時候轉的？」

「就去年我病好了以後，我記得是去年九月。我是堅決不肯要的，可是爸爸說他怕他管不住自己的老毛病，又去外面賭博或者是喝酒，把錢都花掉了，放在這裡就當我幫他存著吧，那我聽他這麼說，想想也對，所以我就收下了。」

果然呀，閆小平早就將他的遺產做了安排。

這幾天連續的奔波勞累，小吳也倍感疲累，實在是傷神費腦。和閆一菲通話結束以後，小吳靠著車座，隨著火車輕輕搖晃的節奏，迷迷糊糊地睡了過去。

一場好夢未完，卻像是福至心靈似的，一個念頭湧進腦海，讓他不由自主地睜開了眼睛。

好端端的，閆小平為什麼要把自己幾乎所有的財產都交給女兒呢？又為什麼不留後路地大肆花錢去四處旅行呢？

人通常在什麼情況下會決定放棄一切，拚命地去享受生活呢？小吳想到了在許多影視作品中經常看到的橋段，主人公因為身患重疾，命不長久，反而幡然覺悟，最終決定開始完成一場遺願清單的旅程。

不，不對。閆小平的驗屍報告上，並沒有提到他患有什麼重大疾病，這一點法醫在驗屍過程中，不會不注意到的。

雖然暫時停止了胡思亂想，但是為了以防萬一，小吳還是馬上給派出所的同事打了電話，讓他們查一查閆小平的就診記錄。

小吳剛剛到站下車，便接到了閆一菲主動打來的電話。

電話裡，閆一菲提到了她父親微信朋友圈的事。

「這幾天，我一直在試圖通過點點滴滴的回憶來解開父親去世的一些疑問。今天我再一次翻看了父親的微信朋友圈，才注意到一個很奇怪的現象。那就是父親已經很久沒有發朋友圈了。以前我沒有留意到這一點，是因為父親會經常在微信裡和我互動，給我發一些小影片或者圖片，我也就沒有特別再去留意他的朋友圈。可是今天，我發現他的朋友圈停留在去年十一月十八號就再沒有更新過了。」

「妳的發現很重要，這期間是不是發生了什麼事呢？」小吳精神為之一振。

「我對著日曆努力地回憶過了，我發現十一月十八號距離我父親房子起火的日子特別近。是不是可以說，自從房子起火以後，我爸爸就再沒有發過朋友圈呢？」

「啊，房子起火，我記得是那個月的二十號吧，前後只隔著兩天時間，完全有這個可能啊。」

小吳不覺提高了嗓門，「那我問妳，妳爸爸以前發朋友圈的次數頻繁嗎？」

「說不上頻繁，可是每週總會發那麼幾條的吧。」

果然，應該是那場房屋失火，改變了閆小平的朋友圈狀態。

雖然火災的發生隔著最後一條朋友圈資訊中間有兩天的時間，但是按照常理來說，有些人可能會天天都發朋友圈，但是有的人呢，可能就是隔三差五再發一次，或者說也根本沒有什麼規律，有值得分享的事就天天發，沒有了呢，就隔幾天再發。閆小平的情況應該也是符合這樣的基本規律，他在十八號發了一個朋友圈以後，十九和二十號並沒有什麼值得分享的事情，所以就沒有發。然後在二十號晚上，家裡的房子失火了。房屋失火以後沒幾天他就開始去外面旅行了，而且再也沒有發過朋友圈。

接下來，小吳趕緊在手機上下載了一款閆小平使用的同款騎行軟體，通過搜索暱稱找到了閆小平的主頁。被他猜中了，騎行軟體上也沒有二十號以後的騎行記錄了。這說明火災之後，閆小平也關閉了騎行軟體，不再使用。

「閆一菲，妳爸爸平時在朋友圈發的都是一些什麼內容呢？算了，妳把妳爸爸的微信號推給我，我加為好友後自己看看。」

作為遺物，現如今閆小平的手機就在閆一菲手上。

只是十幾秒的功夫便操作完成了。小吳點開了閆小平的朋友圈，發現他分享的都是一些騎行時的風景照，還有一些自家院子裡繁花盛開的照片。果然他的女兒沒有說錯，閆小平平日裡比較喜歡養花，再有就是轉發一些關於養生內容的公眾號[3]。

「以前你爸爸都是在村鎮附近騎行的，火災後忽然決定出門遠行，妳沒有問過他有什麼特別的原因嗎？」

「爸爸當時都出發了，才通知我，說他去外面旅行了。難得爸爸這麼豪興，我還鼓勵了他，只是要他注意安全，當時也沒有多問，爸爸也沒說。誰想到，爸爸一去就不回家了呢，連過年都是在外面一個人過的。哎，他房子起火，我也是過了好久才知道的，發生火災後，他可能怕我

[3] 微信公眾號是微信生態體系下的內容發佈與傳播平臺。

擔心，都沒有對我說過。還是快過年了，我催促他趕緊回家過年，他才說家裡房子失火了，回去也沒地方住，索性就在外地過年了，也算是一種難得的體驗。他既然這麼說，我也就不好再勸了。」

無論如何，閆一菲提供的這個線索是非常有價值的，如今看來，那場火災肯定大有蹊蹺。火災之後閆小平為什麼不再分享日常生活了呢？顯然他是在躲避著什麼，或者說不想再讓某些人瞭解到他的生活狀態。

這樣看來，那場火災就變得非常可疑，有必要進行一場徹底的調查。

25

小吳回到派出所，將這幾天的調查情況寫了一份詳細的報告，據此又提出了請求消防機構協助調查閆小平居住房屋火災事故的申請。

接著他稍作休息，又馬不停蹄地去了一趟市轄的縣城，為的是和閆小平的前妻劉少玲見上一面。

他和對方約在了附近的一家漢堡店裡。他是通過閆一菲聯繫到劉少玲的，閆一菲本想陪著母親一塊兒來的，被小吳委婉地拒絕了，因為他擔心劉少玲有一些話可能不方便當著女兒的面講。

劉少玲準時來到了漢堡店。她在一家超市裡上班，今天正好調休了。

「吳警官，老閆的死，讓我非常的意外，不管怎麼樣，我們當初也是夫妻一場，有什麼需要我說明的地方，一定全力配合。」她將挎包放在座位一旁，如是說道。她的語速不快，臉上的神情很平和。

小吳進店以後要了一杯可樂，他問劉少玲喝點什麼，劉少玲搖頭表示不需要了。

小吳問道：「相信妳已經聽妳女兒說過，閆小平死亡的情況以及最近發生在他身上的一些比較奇怪的事情了吧。」

「是的。不過除了去年女兒出車禍那段時間，我已經基本上很少和他聯繫了，對他這些年的生活狀況也不清楚，他經歷了些什麼，發生了哪些變化，基本上一無所知。」

小吳點頭表示理解，道：「也就是說對於他執著於裝修出租屋的情況，妳並沒有什麼特別的想法了？」

「這我確實想不明白。不過他喜歡把居住的場所收拾得一乾二淨，這一點我倒是可以做一些說明。我和他結婚以後就發現他有這種習慣了。可能你們會覺得他這是有一點點潔癖的傾向吧。其實這是因為他比較討厭蟲子，擔心房子裡有蟲子。」

「是嗎？」

「嗯，很少有人知道，其實他的左耳聽力有點不太好。他告訴我，這是他小時候在睡覺的時候有一隻蟑螂爬進了他的耳朵裡，導致了他的耳膜破裂受損。」

「哇，想想都可怕呀。」小吳頓時想起了他去年和同事們去調查一件案子，借宿在鄉下的一間房子裡，半夜居然有老鼠爬在了臉上，也把他嚇得夠嗆。

「所以呢，他將房子收拾得那麼乾淨，也不是什麼稀奇古怪的事。可是他幹麻要換掉人家地板瓷磚，這一點我也想不通。早些年他確實是幹裝修的，貼瓷磚、刮牆改水電，這些他都精通。」

「那麼他後來為什麼改行了呢？」

劉少玲嘆了一口氣：「也算不上什麼改行吧。他迷上了賭博，那還有什麼辦法？又喜歡喝酒。這兩件事情就徹底把他毀了，哪裡還有精力去外面工作掙錢呢。」

「嗯，這倒是。」小吳點了點頭。村民說過，劉少玲當初正是因為這個理由和閆小平離婚的。想著他和閆一菲討論過閆小平房屋發生火災的事件，便問道：「去年十一月份，尤其是二十號那幾天，他有沒有和妳聯繫過？就是說提到過些什麼不尋常的事情。」

「沒有。不是說過了嗎？我們近幾年已經很少聯繫了。一般都是和女兒聯繫。就算有什麼事需要我參與，他也是通過女兒來和我聯繫的。前些年女兒還小，他要見女兒就會主動和我聯繫。現在女兒大了，他就直接和女兒聯繫了。」

大概劉少玲意識到自己的表達方式可能讓眼前的這位年輕警官容易產生一點點誤解，便補充說道：「當然我對老閆一直也沒有恨。離婚那會兒也是和平解決的。只是我現在已經有了新的家庭，也不想讓家人產生什麼誤會。」

小吳表示理解。她既然已經改嫁，自然不願意和前夫再有太多的牽扯和瓜葛。

「很抱歉呀，我好像幫不上什麼忙。」

「沒有沒有。妳剛也說了，在妳女兒出車禍的那段時間，他和妳聯繫挺多的，對吧？而且我也聽一菲說了，也就是那段時間，他整個人好像突然發生了一個改變，把以前的那些惡習基本上都戒掉了。」

「對，不錯。他對一菲一直很好。一菲和老閆的感情也特別深。當初離婚的時候，孩子歸我他也是同意了的，並沒有和我爭，他也知道他當時根本沒有那個撫養能力。一菲的這次車禍確實讓他改變了很多。當時的手術費需要十幾萬，他作為一個父親，在關鍵時刻卻一分錢都拿不出來。可能就是這件事讓他感到特別的內疚和痛苦。他頭一次當著我的面哭了出來，說是沒有能力，救不了自己的女兒，根本算不上一個合格的父親。總算是我和我現在的丈夫一塊兒向親戚朋友借了點，湊夠了手術費。女兒最終也平安無事。」

小吳將心比心，倘若日後他自己的女兒生病了，看著女兒在病床上受苦，他卻一點忙都幫不上的話，那確實比死了還要痛苦。他感慨道：「閆大叔能夠依靠這次機會，痛改前非，重新做人，也算是十分難得了。」

「是啊。他也不是一個沒有擔當的人，那時候確實沒有錢。後來他有錢了，馬上給了我五萬，讓我用來還債。女兒出事了，他本來就應該盡義務的，我也就沒有多作推辭便收下了。」

「哦……那應該是出事的工廠賠給他的吧。」小吳想起來閆一菲提過這件事。

「這我就不是太清楚了。我還以為他向別人借的錢呢。」

最後小吳又說到了盜賣屍體的事情，果然劉少玲並無絲毫頭緒。他並不認為劉少玲在這所有事情中有所隱瞞，他第一次去閆小平村子裡走訪村民時，村民們當時也提到過，前妻基本上和他斷了來往，現在對於發生在閆小平身上的事知之不詳，也屬於情理之中。

和劉少玲會面結束以後，小吳獨自坐在漢堡店，一面吃午餐，一面整理了一條時間線，希望能夠從他瞭解到的這許多的事件中找出一些關聯性，這樣做也有利於理順頭緒。

首先他以閆小平購買屍體的日子為分界線，據老楊交待，那是去年十一月八日。

接下來去年十一月二十日家中發生火災。

去年十一月二十二日他打算出去旅行。

今年三月二日死亡。

購買屍體前發生過哪些事呢？

閆小平的性格轉變（大約在去年九月份，女兒車禍康復之後）。

再往前推便是閆一菲的車禍（去年五月份）。

想了想，小吳又補充了一條：工廠出事獲得賠償款（？）。這個具體時間不太清楚，所以他打了個問號。

任何事情都不是孤立發生的，必然有一定的前因後果在推動。現在發生在閆小平身上的幾件大事，還有兩件亟待去瞭解，一是那場火災，二是那個工廠的賠償。

26

小吳在一天之內同時得到了兩個消息。第一是閆小平的身體狀況，他的身體還算是健康，沒有患上什麼不治之症。這就排除了閆小平是因為快到了人生的終點，因此選擇自殺離世的可能，也沒有任何抑鬱症的就診記錄。

第二個消息令小吳精神為之一振，那場火災的調查有了一個初步的結果，調查顯示，房屋起火是汽油燃燒引發的火災。這不得不引起了小吳的懷疑。因為，一般人家中很少會備有大量汽油的，火災事故組的調查走訪也顯示閆小平並沒有事先從什麼管道購買過汽油。這說明，這次事故很有可能是人為製造的。再根據當時那些村民的回憶，閆小平當晚是運氣好，半夜忽然想起自己的自行車還在村頭老吳家的貨車上放著，這才趕緊從床上爬了起來，出了家門，意外躲過了那場大火。當晚如果他在床上睡得很熟的話，肯定會被大火殃及，嚴重情況下失掉性命也不是不可能。

從這個角度來分析，如果這場大火不是一場意外的話，顯然就是有人故意縱火，其目的自然不是單單燒毀房屋那麼簡單，極有可能是要取閆小平的性命。

再進一步推斷，閆小平隨後忽然決定去旅行，而且也關閉了朋友圈和運動軌跡的軟體，似乎也就說明了問題。他自然是意識到了自己的生命受到了威脅，所以才暫時決定去別的城市裡避一避風頭吧。

到底誰要害他呢？原因又是什麼？

小吳知道，心急吃不了熱豆腐，調查事情得一步步來。

現在他決定再去一趟閆小平所在的紅土窪村。

27

如果有人要燒死閆小平，起碼要確定他當晚在家。不過呢，小吳最後發現，這似乎算不上什麼必要條件，因為據村民還有鄰居反映，即便閆小平出去騎行或者辦事兒，晚上也都會回來的。

小吳又想起了閆小平那晚是喝了酒的。有村民提到過閆小平的自行車鏈子斷了，壞在了半道，是被去縣城進貨返回的老吳給開著車載回來的，晚上就在老吳家喝了一頓酒。喝醉了以後被老吳送回家的。

倘若半夜發生了火災，人如果是在正常狀況下，還是有極大的概率驚醒過來，然後逃脫掉的。如果是在醉酒的狀態下，那就很難說了。那麼這個老吳會不會有所嫌疑呢？

小吳側面瞭解了一下，老吳是在村頭開了一家小超市，和閆小平來往也算不上密切，也就是普通的村民關係。沒聽說過兩人之間有什麼矛盾。

現在最最關鍵的是，始終不明白閆小平購買那具屍體的用處，這就使得事情變成了對所有可能人員的懷疑都是無的放矢的局面。

小吳借著調查火災的名義也去見了老吳。說起那天晚上喝酒的情況，老吳道：

「那我也只是捎著閆小平從路上回來，正好趕上飯點了，就邀請他一塊吃頓便飯，隨後兩人就喝了點酒，也沒什麼特別的原因。」

小吳接下來又在村子裡進行了新一輪的走訪，詢問的重點主要圍繞在以下幾個方面，第一、誰和他有仇怨，第二、誰和他走得比較近，關係比較密切，第三、工廠事故是怎麼回事？

對於第一點，誰和他有仇怨，大家都說沒有。閆小平雖然以前喜歡賭博也喜歡喝酒，可是人品並不壞，賭輸了也不賴帳，喝酒了也不鬧事，所以呢，大家對他並不討厭。至於老吳，也沒聽說和閆小平有過矛盾。至於第二條，誰和他關係比較親密，那和第一條的答案就有點共同了，雖然他人品不壞，賭輸了不賴帳，喝酒了不鬧事，可大家也不願意和這樣人的人深交，所以說也沒有人對他特別的親切。那麼他的親戚方面呢？閆小平是個獨生子，也就是說沒有兄弟姐妹，父母也已經離世了，從血緣關係上比較近的還有個同輩的堂姐，但是遠嫁他鄉，見面時間也很少。其他更遠一些關係的親戚，那只是逢年過節或者嫁娶喪葬的時候才會彼此聯繫了。

接下來小吳便問到了那起工廠事故賠償事件。

想不到的是，村民對這件事情卻瞭解不多。只知道似乎是工廠裡發生了什麼中毒事件，還死了一個人，隨後工廠就關停了。閆小平也是受害者，應該也得到了一大筆賠償。也有好事者向閆小平打聽過廠子裡的事，閆小平口風卻很嚴，總是避而不談，不肯多說。

「你們感覺，閆小平對待這件事情是一種什麼樣的態度呢？」

有村民說道：「我也問過閆小平，閆小平說了，和工廠有簽過協議的，所以不能往外說。」

原來是這樣呀，那倒也可以理解。

「所以後來閆小平也不去那裡上班了？」

「上班也上不了啦，那廠子倒閉了。」

「哦，是嗎？」

「對了，」這個村民忽然想起了什麼，說道，「前段時間工廠的老闆和他小舅子還來找過一次閆小平。」

「是嗎？什麼時候？」小吳認為這個消息很重要。

「就在老閆騎著自行車去外地旅遊的那段時間吧。」

「當時老閆的房子已經發生過火災了，對吧？」

「是啊，就是在火災以後了。」

「那兩個人沒說為什麼事來的？距離那個賠償事故已經過去好幾個月了吧。他們來的目的是什麼呢？」

「那我不知道。」

小吳對於工廠事故這件事情還是挺在意的，隨後他就又詢問了更多的村民，大家也都知道的不多。

現在既然對這個工廠賠償案開始進行調查了，那就調查徹底吧。

他聽村民說起，當時發生中毒事故的，加上閆小平，應該一共有五個人，都是本地的，其中有一人當時就死掉了。小吳問起另外三個人的下落，有消息靈通的村民告訴他：「你可以去離我們村大概十里地的米家園村去問問。他們村我記得是有一個人，當時是在那個廠裡上班的。」

「太好了。」

小吳當天下午就搭乘公共汽車去到了米家園村。向村民打聽以後，雖然很快就找到了對方的住處，可最終還是撲了個空，原來那人這段時間一直在外地打工不在家。而他的老婆呢，對於那件事情卻是含含糊糊不肯多說。從對方的神色和態度中，小吳能夠明顯的感覺出來，她對於丈夫當時工廠中發生的事並非一無所知，只是不願意和外人談論。

小吳不肯放棄，讓她把男人的電話告訴他。女人說了。小吳又問起那家工廠的老闆和他的小舅子，最近有沒有來找過她家男人，她給出了否定的回答。

小吳告辭，站在村口等待公共汽車的時候，撥通了女人給的電話號碼。女人的老公接起來以後，聽了小吳的問題，也是不肯多說。

看看天色已經不早，小吳只好坐車返回了縣城。還有兩個與工廠事故有關的工人沒有見到，但小吳預感到那兩個人的態度，恐怕也會和今天溝通的這對夫妻一樣吧。再聯繫到村民曾提到的閆小平對於此事的態度也是含糊不清，恐怕這幾個人都是因為收到了賠償款並且簽署了協定，所以不方便多向外透露吧。那麼明天是否還有去找另外兩個工人的必要呢？小吳便有些猶豫。可是不久後他就想到了那句話：行百里者半九十。這種情況下，自然不能半途而廢。

28

第二天小吳向派出所上級領導說明情況又下鄉去了。這兩個人的地址，是他昨天向那位在外打工者通電話時順便問到的，幸運的是，他們在同一個村子居住，那就可以少了他很多的奔波。另外，他也瞭解到，那一家已經關停的工廠，距離這個村子並不算太遠。這就更好了。

這座村莊名叫秦家嶺，距離縣城居然挺遠的，坐公共汽車都花了差不多一個小時。

到了地點，小吳去第一戶人家打聽時，不巧的是這家的男人也是出去打工了。女人臉色很不好看說道：「這件事情當時就已經說定了，現在又調查什麼呢？我家男人的身體現在已經大不如前了，還得出去拚命養活我們娘倆，這都是事實。難道我們還要賴你們的錢不成？」

小吳一時間沒有理解這個女人的意思，略怔了一怔，才反應過來，忙道：「不不，我想妳一定誤會了，我來並不是為那個工廠事故翻案的。我是因為另外一件事來的，只是考慮到可能和當時的工廠事故有關聯。到目前為止，我完全不知道工廠當時出了什麼事兒。現在我只想請妳——如果方便的話，可以跟我講講那工廠裡發生了什麼。」

女人的神色總算緩和了下來，然而卻還是說道：「這件事情不管你問我，還是問我家男人，那都不好說的。」

「是因為簽了協議嗎？」

「是啊，這是私下解決好的事情，誰也不能反悔。」

小吳表示很理解地點了點頭，但總覺得這個女人說的話有些奇怪，但是怪在哪裡呢又說不上來。

他又問起，最近工廠的老闆和小舅子有沒有來過。女人打量著他，說道：「原來你也聽說了。你和他們什麼關係？真的不是他們聘請的嗎？」

小吳忙道：「當然不是了，我剛不是說了嗎？我是為了別的一些個案上的事兒來的。怎麼了？他們來和妳談什麼了？」

「這肯定和你的案子沒有關係的，你就不需要問了。」

「不不不，或許妳也應該知道市民是有義務配合我們公安部門開展調查工作的，有沒有關係，我會自行判斷的。」

女人猶豫著，卻還是不肯多說，最後被逼急了，只是說道：「哎呀，你也知道的，這是簽了協議的麼，我怎麼好往外面說呢？」

到了這個時候，小吳也只得放棄了。如此一來，反倒更加地激起了他的好奇心。

他沿著村子裡寬闊的道路，馬上去往另一戶人家。途中他對於女人的話倒是回過味兒來了。這個女人對他比較排斥的態度似乎並不僅僅是因為有一份保密協議的存在，而是誤解了他調查的目的，以為他是和工廠的老闆是有關聯的，甚至和他們是一夥兒的。這就不由得不讓小吳對工廠老闆和他小舅子前段時間來找這些受害者的原因得出一個很有可能的結論：他們會不會也正在對原來的事故進行重新調查並且準備翻案呢？這也就難怪剛剛那個女人說了一句什麼「誰也不能反悔」。女人大概是在擔心好不容易得到的賠償款會被他們收回去吧。

難道說，當時的工廠事故另有隱情嗎？

小吳這樣想著，不知不覺的已經去到了另一家村民的門前。

這一戶的男人倒是在家的，正和老婆兩個人在院子裡用鍘草機鍘草。見有人來了，男的暫停了手裡的活計。然而，當小吳說明他是想瞭解工廠事故時，夫妻倆的態度也和上一家的那個女人幾乎如出一轍，馬上神色就變得不太友善起來。

鑒於剛才的推測，他對這種狀況早有心理準備，便先發制人地說道：「我來找你們瞭解情況，和這個工廠的老闆是沒有絲毫關係的，我並不會幫著他們翻案或者說什麼的。我只是想問問你們，當時工廠裡到底發生了什麼事故？就是這麼簡單。」

男人卻置若罔聞，又打開了鍘草機，隨著一捆捆的玉米秸稈被送進機器中，院子裡頓時又被嗡嗡隆隆劈劈啪啪的聲音所充斥，完全蓋過了小吳的說話聲音。被截為寸許長的秸稈順著機器口飛濺出來，不時打在小吳身上。這是最顯然不過的逐客令了。

小吳也只能無奈苦笑，其實他也很清楚，剛剛自己說的那番話是自相矛盾的，倘若當年這個工廠裡發生的事故確實有著什麼可能發生反轉的情形，他作為一名人民警察，得到線索後，難道真的能視而不見，置之不理嗎？

他提高音量，努力讓自己的聲音壓過這些機器的轟鳴聲。

「喂，你就跟我講一講吧。我確實需要你的說明，另外作為公民，你們也有義務協助我們警方調查呀！」

那人無動於衷。小吳只好使出了殺手鐧。

「閆小平死了，和你一塊兒上班的，因為事故獲得過賠償的閆小平死了！你知不知道，我現在就是為這個案子來的！」

機器的轟鳴聲停止了。男人這才將目光集中在了小吳的臉上。

「你說什麼？」男人皺起了眉頭。

小吳望著他。

「我說閆小平出事了。他先是遭遇了一場火災，差點喪命，現在呀又自殺了。我們認為很可能和當時的工廠事故有關係，所以才找你們來瞭解情況的。看在工友一場的份上，你總該給我們說點什麼吧。」

這個男人垂下眼簾，過了一會兒終於抬起了頭：「那咱們進屋裡說吧。」

男人的妻子為小吳沏了一杯茶。

這個男人名叫郭升平。他是去年年初進入這家工廠的。工廠主要是加工塑膠製品的，其中有一道工序是需要將兩部分半成品手工接續。由於這些塑膠製品體積較大，也是個力氣活，所以廠子招進來的也都是男性員工。他和閆小平等幾個人主要就是負責這塊兒。

就在去年暑假那段時間，他的身體忽然出現了頭痛嘔吐腹瀉等一系列症狀，本以為可能是天太熱中暑了，可是隨即他發現其他一起上班的幾個工友也出現了同樣的症狀。

這種情況下，大家也只好都請假休息。郭升平想著在家挺上幾天大概就能恢復，誰知道情況並沒有任何的好轉。結果其他幾名工友也是同樣的情況，大家就相約著一塊去了醫院做檢查。

大夫診斷後認為很可能是中毒，瞭解到他們是在工廠上班以後，便詢問了他們的工作內容，隨即一款用來接續塑膠製品的膠水引起了大夫的注意。大夫拿著他們從工廠偷偷拿出來的膠水找了專家去做化驗，證明這種膠水果然有問題，其中含有一種物質，長期吸入會對人體造成極大的傷害，甚至留下嚴重的後遺症。

郭升平和閆小平等人得到這個消息後非常憤怒，馬上找了廠長來討個說法。

那時出任廠長一職的，是這個企業老闆的小舅子。老闆和小舅子兩人一開始還想抵賴，但後來擔心他們把事鬧大了，所以做了賠償來息事寧人，與中毒的員工簽署了一份協定，每個人得到了三十萬的賠償款，死去的那名員工得到了六十萬的賠償款，但是工廠要求他們絕對不可以把工作中發生的事情向外面大肆宣揚，務必要低調處理。

「原來是這樣。導致你們中毒的是什麼物質呢？」

「我也說不上來的。家裡有診斷報告，你可以看看。」郭升平說著，拉開電視櫃下的抽屜，把診斷報告書拿了過來。

小吳拿過來看看，報告上寫的是四氯乙烷中毒。他順手拿起手機查了查這種物質的性狀，得知四氯乙烷是一種無色液體，有氯仿樣氣味，具有毒性和刺激性。侵入途徑包括吸入、食入、經皮膚吸收，具有傷害末梢神經系統、肝臟和中央神經系統的危害。

「也就是說，那種膠水中含有這種物質對吧？」

「是的。」

「你們平常工作的時候就沒有什麼防護措施嗎？比如說工作服之類的。」

「有倒好了，有我們也不會出事了。只有一副手套。」

「這就難怪了……可是事情不是應該就算是了結了嗎，但我聽說老闆和他小舅子又來找你們了，為什麼？是打算翻案嗎？」

郭升平嘆了一口氣，道：「我們這些普通老百姓又沒有什麼文化，所有的事情還不是由他們操縱。那時候答應給我們賠償款，倒是還挺痛快，誰知道現在卻又很囂張地說，他們現在正在調查，一旦發現有問題，賠償款他們是要討要回來的，讓我們最好做好準備！」

「哦？中毒事件具體發生在幾月份？你們過了多久獲得賠償的？」

「我們感覺身體不舒服時，我記得是去年六月底，獲賠也過了好久啦，到了八月中旬，才獲得賠償。」

小吳掏出紙筆來，將他列出的時間線補充完整了。

去年五月份，閆小平女兒發生車禍。

去年六月底，工廠發生中毒事件。

去年八月份，獲得賠償。

去年九月份，閆小平性格發生大轉變。

去年十一月八日，閆小平購買屍體。

去年十一月二十日，家中失火。

去年十一月二十二日，閆小平外出旅行。

今年三月二日死亡。

小吳接著問：「那些人說沒說，他們現在為什麼會覺得賠償有問題了呢？」

他終於明白這些人見到他詢問工廠的事就比較緊張和充滿敵意的原因了，這和他剛剛在來的路上的猜測，基本上是一致的。這些人好不容易獲得了一筆數額巨大的賠償款，當然誰也不願意忽然橫生枝節，最後到手的錢又落了空。

「這誰知道呢，他們又不跟我們說。」

「那麼他們上次來找你，主要問了些什麼？」

「也沒有什麼新鮮問題。還是問我們當時中毒的症狀，以前有沒有出現過類似的問題等等，我也懶得搭理他們。老實說我也不是就眼饞了這筆賠償款，我是看不慣他們的那種態度。再說了，當時中毒的症狀，別提多難受了，又不是我們裝出來的，直到現在我的身體也沒有徹底恢復，我的腎臟還存在著一些小問題，幹不了太重的體力活。他們現在想耍什麼詭計，我們也不怕！」說到這裡以後，郭升平又一次問了他非常關心的問題，閆小平到底怎麼了？

剛剛把小吳請進屋子裡的時候，他就已經問過這個問題了，但是小吳要求他先把工廠的事故前因後果給講出來。現在小吳也基本瞭解的差不多了，便說道：「我不知道你如今和閆小平還有沒有聯繫，他離開工廠以後就徹底放飛自我了，也沒有怎麼去上班，到處去旅行。然後呢，最近在一間出租屋裡自殺了。現在，我就是要調查清楚他自殺的動機，從我最近走訪瞭解的情況來看。很可能和工廠的事故有一定關係。」

「那會有什麼關係？閆小平也是受害者呀。」

「你覺得閆小平這個人怎麼樣啊？他當時在工廠上班，有沒有得罪過什麼人呀？」

「他人也算是挺好的吧，和我們大家之間也沒有矛盾。當然了，估計你也已經瞭解過了吧，他就是喜歡賭錢。」

「廠子裡有宿舍讓你們住嗎？」

「廠子裡是有幾間宿舍，但那都是給外地人住的。我們幾個本地的，下班就騎摩托車回家了。」

「閆小平是不是比較注重衛生啊？有沒有什麼潔癖？」

「沒有吧？大家上一天班，工裝都是髒兮兮的。」

小吳點了點頭，恐怕閆小平也只是居家的時候，才會把自己的住所給打掃得乾乾淨淨，工作場合就沒這個必要了。

「你對閆小平的事有沒有什麼看法？畢竟你原來也不肯和我多聊，現在聽他出了事兒，這態度才有所轉變嘛。」

郭升平神色如常，道：「你剛剛不是還問我最近和老闆有過聯繫嗎？都是一個鎮子上的，以前偶爾也能見面。大家雖然關係處的也比較一般，可畢竟也在一起工作了那麼長時間的。人死為大，能幫忙的地方我也願意幫忙的。至於和工廠簽訂的那個協定，一般情況下我自然要遵守承諾，不能往外說的時候儘量就不要往外洩露，畢竟我錢也拿了，做人不能說話不算數。可是我也分得清輕重，他們廠子裡做出了這樣不良的事情，賠我們錢一方面是給我們治病的，一方面當然是為了讓我們包庇他們的。既然現在你們覺得廠子裡的事說出來，能夠幫到死去的老闆，那我就覺得沒有隱瞞的必要了，和人的一條命相比，其他事能算得了什麼？當然了，你剛問我對老闆的事有沒有什麼想法，那我確實是沒有一點頭緒。我和他除了上班那段時間，如今生活中交集也並不多。至於他的自殺和當時的工廠事故有沒有關係，我也不清楚，也沒有把兩件事情發生任何的聯想。既然你問，我就把心裡的想法全說了，後面的事，還是留給你們去調查吧。」

小吳聽得連連點頭，覺得這位大哥為人還不錯，是個明事理的人。

「據我所知，當時中毒的工友不是有一位去世了嗎？他的情況是怎麼樣的？」

「他入院前其實和我們症狀是一樣的，只不過在治療期間突發心肌梗塞死了。你也可以去他家問問，你知道他家的地址嗎？我可以告訴你。」

「好的。」

小吳又向他討要了工廠老闆的電話，郭升平也一併給他了。小吳來時，已經得知那家工廠就在他們村子附近，所以打算一會兒去看看。

「這個嘛我可以帶你去，只不過那地方現在已經荒下來了，其實沒什麼可看的。」郭升平道。

「那倒不需要你陪我去了，你直接告訴我一個大概的方向就行了，我一路上再問問別人，溜達著就過去了。」

「那好吧。」郭升平讓老婆找出一支筆和一張紙來，給他畫了一個大概的路線圖。

「太謝謝你了，耽誤了你這麼久，那我就先走了，以後如果有需要，那還會再打擾你。」小吳把路線圖收好，站了起來。

「沒事的。」郭升平和老婆把他送到了門口。

小吳沿著路線圖的指示，朝著村子的東南方向一路走去，向遇到的幾個村民進行確認，方位果然是沒有錯的。

不多時他便出了村子，經過了幾道農田，沿著一條水泥路盤旋而上，便看到了幾座破敗的廠房。走近了一看，廠房外面雜草叢生，已經幾乎長到一人多高了，在雜草的掩映之下，可以看到一些廢棄的塑膠框子散落期間。

從這廠房的格局和規模來看，即便是當時還開工的時候，恐怕也是極端簡陋的，想到工人們便在這樣的環境下工作，自身的健康自然很難有保障。

小吳打開手機軟體，查了查這家工廠的企業資訊。工廠是在一家名為山西極限峰公司名下的，法人是伍德祖，工廠的總經理，也就是村民們口中的大老闆。這和小吳從村民口中瞭解到的情況是一樣的。

就像郭升平說的，這裡確實沒有什麼好看的，他便打算原路返回。

折返途中，畢竟走了這麼久，也有點累了，遂坐在一個地頭上休息。有一位老農正拿著一把鐵鍬在不遠處翻地，雙手高低握把，用一隻腳在鍬沿上用力一踩，鐵鍬幾乎垂直入土，接著雙膝微屈，鍬把在大腿上一借力，便抄起滿滿的一鐵鍬泥土來，順手翻到一邊。老農重複著這番操作，動作流暢絲滑，十分愜意，偶爾遇見翻出了較大的土塊，便用鍬背啪的一聲就拍碎了。小吳在一旁看著，居然覺得十分解壓，漸漸看得出神。他很小的時候雙親就搬到了縣城做生意，所以他也沒有從事農活的機會。

老農忙活了一陣兒，坐下來休息，打算掏根煙出來。小吳手快，早已經丟了一個根過去，叫道：「抽我的吧。」

老農自然早也注意到這個年輕人了，微笑著接住，問道：「你是從哪裡來的？」

小吳說了自己的身分，然後指了指遠處依稀可見的工廠，道：「大叔，我想跟你打聽打聽這個工廠的情況。」

老農像是有些恍然大悟地說道：「啊，你們這是打算徹底的清算了吧？」

小吳倒不明白了：「清算？」

「他老姨夫[4]不是進去了嗎？這工廠的事能和他沒有關係？」

老農口裡的「進去了」，通常應該就是指坐牢了。難道說，這個工廠老闆的老姨夫犯了什麼事，坐牢了嗎？

小吳連忙道：「是嗎？還有這事？我倒不清楚，你要跟我好好講一講。」

---

[4] 在傳統家庭稱謂中，「老姨夫」指的是「老姨」（即母親的姐姐或妹妹，俗稱「姨媽」）的丈夫。

「怎麼？你不是因為這事兒來的？」

「可能有關。不過老實說，我是從另一條線上找到這兒的。」

老農告訴他，這間廠房當時是租別人的地，廠子呢前年就已經開工了，一開始村裡人也沒有當回事兒。那時候這家工廠都是人家自己帶來的工人，也沒有人想過去這裡上班。後來慢慢的可能有的工人不幹了，臨時缺人，本地的才有一些人進去了。

「這不是主要的，主要的是後來呢，發現這廠子有污染，廢水亂排影響了我們的農田。慢慢的，村子裡很多人就對這家工廠有了意見。村民簡直有苦說不出，可是也沒有什麼辦法，還算最後老天開眼，這家工廠呀作惡太多，自己倒閉了。」

小吳想起方才見到的工廠簡陋的模樣，環保方面自然也難有保障。

「這種事情沒人管嗎？你們不去投訴嗎？」

「投訴有什麼用嗎？朝裡有人好辦事。人家老姨夫是在環保局的，你說說這事怎麼辦？你也是吃公家飯的，我也不怕跟你說，這裡頭的門道你還不清楚？」

小吳不禁苦笑起來，他們生活的城市整體來講，還是政治清明的，但偶爾出現一兩個害群之馬也是難免的。當然他沒有把這話說出口，那就顯得有點太官方，太說教了。他笑道：「清廉是進步的階梯，腐敗是滅亡的快車。他老姨夫這不就進去了嗎？」

「是啊。任你當初再囂張，清算起來也是兩眼淚汪汪。」

「那麼他老姨夫進去，和當初工廠出的那一起事故有關係嗎？」

「嘿，要沒關係，那倒怪了，要想人不知除非己莫為，那幾個獲得賠償的傢伙，還遮遮掩掩的。你替這幫子壞人有什麼好遮掩的？」

「那你對工廠的事故瞭解的多嗎？」

「我不說了嗎？這些人都被花錢封口了。外人恐怕很少有瞭解的，但是無所謂了，工廠再也幹不下去了，這才是我們最高興的。」老農說完，一根煙也抽完了，站起來拍拍屁股上的泥土，拿起鐵鍬繼續忙起來了。

「好嘞，謝謝你。」小吳也起身走了。

這一趟下來也算是小有收穫的。可是距離小吳想要的答案還是差的很遠。發生在閆小平身上的種種怪異行為和這個工廠的賠償案件到底有沒有關聯，還是難以確定，但小吳卻隱隱覺得他的調查方向應該沒有錯。

小吳在最初的挫折之後，總算是嘗到了一點點成功的滋味，所以他打算再接再厲，去見見最後一位受害者家屬。那會兒郭升平也說了，這位受害者住院期間因為突發心肌梗塞去世，不知道從他的家屬嘴裡可不可以問出一些更多的事情來。

小吳在這村子裡也沒見到有什麼飯店之類的，便在小賣部裡買了兩個麵包，拿了一瓶礦泉水，坐上去往了另一個村子裡的公共汽車。

下午，他成功的見到了這位名叫陳光奇的受害者的遺孀。即使她的老公已經去世，可是對於小吳的詢問也同樣還是非常排斥的，即便小吳再次拿出對付郭升平同樣的殺手鐧，說出閆小平死亡的消息後，這位遺孀仍然不肯透露什麼有用的消息。對於工廠的事故情況以及事後的賠償，她一概不願多說。在這種情況下，小吳當然也不會強問了，畢竟每個人的想法和認識都是不一樣的，並非人人都是郭升平。

接著他向工廠的老闆伍德祖打了個電話。這個人作為工廠事故的核心人物，自然是要見一見的。由於不知道他現在在哪裡，也只好先通過電話來約一下了。

估計是因為伍德祖的老姨夫被紀檢部門帶走了的緣故，接到電話以後，對方還以為小吳也是紀檢部門的人，有點不滿地嚷嚷著：「我老姨夫這事我不是已經全都交代過了嗎？該說的都說了。」

小吳暗暗好笑，打定了主意，回去必須托有關係的朋友問問，看看最近本市有哪個環保部門的蒼蠅給拍進去了。

當小吳說了他的目的只是要瞭解工廠事故以後，伍德祖態度也沒有多大的改觀，只是說道：「這件事我們當時已經妥善解決了，你沒有再瞭解的必要。」小吳再問一句，他們最近為什麼似乎又在重新調查這件事情的時候，伍德祖卻矢口否認。直到最後小吳說起閆小平出事自殺了，電話那邊的伍德祖才沉默了幾秒鐘，然而最後還是說：「那也不關我的事，我對這些完全沒興趣。」

「喂，電話裡也說不清，不如我們約個時間……」

不等小吳說完，那邊已經聲稱有事忙著呢，就掛了電話。

小吳握著手機，有點不爽地搖了搖頭。別以為你掛了電話，我就找不到你了。

他暫時先放棄了伍德祖，決定接下來去一趟縣人民醫院。

29

第二天上午，小吳去到了縣人民醫院，當時為閆小平和郭升平等人診斷的是一名呼吸科的大夫，名叫張凱軍。

去護士站一打聽，才知道張凱軍今天出門診了，所以小吳又去了門診樓。從他來了以後，排隊的病人便幾乎一直沒有間斷過，小吳等到了中午，才和張凱軍說上話。

聽了小吳說明來意，張凱軍道：「我看你在門口張望了好幾次，讓你等久了吧？到飯點了，恐怕你也餓了吧，不如去我們的員工食堂，咱們一邊吃一邊聊。」他脫掉白大褂，露出了一件灰色的羊毛衫。他看起來大約四十來歲。

小吳道：「那也好。」

跟著張凱軍去到食堂，已有不少人在窗口打餐。小吳湊上去，尋思吃點什麼好，張凱軍早端了盛著三菜一湯的餐盤過來，交給了他，接著又刷卡打了一份。張凱軍笑道：「我們食堂飯很便宜的，就當我請你了。大家在這裡必須刷卡，廚師是不收現金的。」小吳只好說了聲謝謝。

兩人找位置坐下。張凱軍問道：「你剛才說你想要瞭解那家塑膠加工廠發生的中毒事件。為什麼？又出什麼事了？」

小吳喝了口湯，據實以告：「有一人是當時事故中一員，最近忽然自殺了，原因不明。我想弄清楚他的自殺和那場事故有沒有關係。」

張凱軍顯得很意外。

「哪一個自殺了？我對他們幾個還有印象。」

「一個叫閆小平的。」

「啊？怎麼會是他？」張凱軍難以置信地眨了眨眼，夾著一段豆角的筷子停在了空中。

「怎麼？你對他還算瞭解，覺得他不會自殺？」

張凱軍道：「恰恰相反，我認為他有輕微的抑鬱症，不過算不上嚴重，沒想到最終還是出事了。」

小吳忙問：「哦，有診斷記錄嗎？」

「沒有，他自己不肯做檢查，也不當回事。」

「那你對他還算瞭解。」

「瞭解倒也說不上。不過呢我們是一個鎮子上的，初中在一塊讀過書，也算是同學吧。他知道我在這裡上班，當時在工廠感覺身體不舒服以後，就來找我了。」

「這樣啊。你們最近還有聯繫嗎？」

張凱軍搖了搖頭：「只有他住院那段時間，我們常見面。事實上生活中我們交集很少的，我在城裡住，幾乎見不著他，沒事的時候通常也不怎麼聯繫。怎麼也想不到他會出事，前段時間還看見他朋友圈發的東西呢。整個人好像變化挺大，以前大家都知道他是遊手好閒的，但是最近似乎熱愛上了運動。那次中毒生病，應該對他整個人觸動挺大的，住院的時候我就叮囑過他，以後要少喝酒多運動，保持健康生活。看來呀，他大概是聽進去了。」

小吳知道，閆小平真正迎來轉變的原因，是和他女兒有關的，不過，恐怕也不能否認，作為醫生的張凱軍在治療期間或許的確給了閆小平一定的啟示。

小吳想起一個問題：「我見過其他幾個事故受害者，聽他們說，似乎每個人都留下了一定的後遺症。閆小平看來恢復得不錯？他的身體情況，還能支援他進行大體力的運動嗎？比如說長途騎行。」

張凱軍道：「這個本身每個人的體質就是不一樣的，進行一些適當的體育鍛鍊，對身體也是有好處的。閆小平比較幸運，他的中毒症狀比那幾個人輕得多。我聽他說，他在工廠幹活時，防護方面比其他人做得比較好一點。這非常重要。」

「原來是這樣。請你給我講講他們當時前來就診的情況吧。」

「沒問題。一開始呢是閆小平先來掛我的號。我剛也說了，他知道我在這家醫院上班，所以身體不舒服了，就想到了來找我。他告訴我這兩天他有點嘔吐腹瀉，先是自己去藥店買了點藿香正氣水[5]，不管用，就來找我了。那段時間天氣比較熱，我初步判斷他可能是中暑了，所以呢也給他開了點消暑藥讓他先吃著，要過上兩天沒效果再來找我。

「誰知道兩天後他又帶了好幾個工友一塊兒來了，大家幾乎都是同樣的症狀。這些人都在一塊上班的，這種情況下我馬上判斷，可能發生了集體中毒。想要對症治療，就必須弄清楚他們的毒物來源。閆小平上班的工廠我也知道。那家工廠離我老家的村子非常近，雖然我在咱們縣裡買了房子後並不回村住了，但是過年回去，也能聽見村民們總抱怨工廠有污染，對生活造成了不小的影響。尤其是我爸也還在村裡一個人生活，他年紀大了，老年癡呆的症狀變得越來越明顯。我都懷疑和廠子裡的污染有關。所以早早把我爸也接到了縣裡。

「看到閆小平他們身體忽然不舒服，我就想，這家工廠既然不是太正規，那麼會發生員工中毒事件，也不算是太奇怪吧。我建議閆小平他們趕緊辦理住院，然後又詳細地詢問了他們的工作環境，並讓他們工作中經常接觸到的一些物品都給我拿一些樣本過來。當我看到他們使用的一種膠水的化學成分以後，我基本已經明白他們的病因了。我把膠水樣本轉交給一位我認識的專家朋友，讓他幫著做了化驗。很快結果就出來了，果然那種膠水在使用過程中會釋放大量的四氯乙

5 一種中藥水，在民間常用作清熱解暑的靈藥。

烷。四氯乙烷呢是一種有毒的刺激性液體，對人的中樞神經系統具有麻醉和抑制作用，長期接觸，可引起肝、腎和心肌損害。

「我問了閆小平，他說，這種膠水工廠一直都在用。那這樣他們的病因就確認無疑了。包括閆小平在內的這些人，自然非常地憤怒，家屬決定集體找工廠討說法。我本來還擔心以他們幾個普通老百姓的力量鬧不過工廠那些有後臺的呢，說不定工廠還會托人來對我施壓，畢竟是我給出診斷結論的嘛。我也做好了心理準備。誰知道呢，並沒有發生我想像中的這些事情，工廠那邊好像還挺痛快，馬上就簽了協議給了賠償。這些事我都是聽閆小平說的。後來呀，聽說廠子也關停了。」

「聽說當時治療期間，有一個叫陳觀奇的員工因為心肌梗塞死掉了……」

張凱軍擺了擺手：「這個你放心，不屬於我們醫院的醫療事故，衛生部門鑒定過的。責任全在他們工廠頭上，病人是中毒後誘發的心肌梗塞。他們為這事賠償了不少錢。真是有錢能使鬼推磨啊，這些人沒去坐牢，真是便宜了他們。」

「嗯，這一點我也聽其他工友講過了。」

「今天的雞塊很入味嘛。」張凱軍十分滿足地吐出骨頭，接著說道：「整體來講，這件事情獲得的結果還算不錯。村民們再也不用擔心他們的飲用水不安全，也不用擔心莊稼會造成污染。不過，這件事情距離現在已經過去了差不多九個月吧？閆小平現在自殺一事，兩者是怎樣聯繫到一塊的呢？」

「這個嘛……」

小吳正想著怎樣做解釋，張凱軍眉頭微微一皺，說道：「哦，我知道了。那個工廠的老闆又在搗鬼，是不是？」

「你為什麼這麼說？」

「前段時間工廠的那個老闆來找過我，說是想瞭解當初為那幾個人診斷的具體情況。我說為什麼，他們也不肯明說，只含糊地說什麼賠償事件後續跟進。我對這些人一直也沒什麼好印象，所以對他們愛搭不理的。最後他和他的小舅子灰溜溜地走掉了。」張凱軍很不平地道，「肯定就是他們在搗鬼呀，是不是？我就說嘛，這幫人怎麼會心甘情願、痛痛快快地就給了別人賠償呢？這些人可都是一些沒有良心的吸血鬼，只有別人吃虧，誰敢去占他們的便宜？早料到他們不肯善罷甘休的。閆小平的死是不是和他們的調查有關係？我覺得吳警官你應該去找這個工廠的老闆好好問問。」

小吳想起昨天和工廠老闆伍德祖通電話時的情形，不禁苦笑起來。從張凱軍的態度看來，他對這家工廠也沒有什麼好感，並且也毫不掩飾自己這種厭惡的態度。

小吳順口問道：「那麼依你之見，如果你覺得閆小平的自殺和這個工廠老闆有關係。他們的矛盾點在哪裡呢？」

張凱軍怔了一怔：「這我還真想不出。這些人報復的手段，不是咱們普通人能夠想像到的。能夠逼得閆小平自殺，肯定是用了什麼陰狠毒辣的招兒。」

張凱軍的這一番推斷，顯然是帶著強烈的主觀主義色彩的。但小吳也無法完全排除這種可能。目前最大的疑問是，在事情過去了這麼久以後，是什麼契機讓伍德祖決定重新調查這個中毒事故呢？他到底又掌握了什麼新的內容，有底氣認為當時的事故有問題？還有，他調查的最終目的是什麼？

這一切恐怕只有見過了伍德祖才會有答案吧。

從醫院離開以後，小吳正要想方設法，無論如何也要和伍德祖談談。沒想到對方卻先把電話打了過來。

「吳警官，昨天有點不好意思啊，我當時遇上點事，有點急躁，沒太明白您的意思。」電話那頭的伍德祖嘿嘿乾笑著，「你要瞭解工廠裡的事，我是當事人，最清楚不過了，就得我問。」

小吳不知道他態度何以發生了改變，順口說道：「對呀，我就是這麼想的。」

伍德祖道：「但是，閆小平出事的具體經過，我也很想瞭解，你也得告訴我。」

果然呀，這傢伙是有自己打算的。小吳也擺起了譜：「這怎麼可能，這可是我們調查的祕密。」

「嘿嘿，吳警官啊，我這並不是跟你談條件，我哪有這種資格？我這也是跟你商量著呢，你要不說那我也不是沒辦法，我找別人打聽打聽，說不定也能問出來對不對？我們各取所需嘛，我想這也不違反什麼紀律吧。你也可以斟酌著來嘛，實在不能說的先不要說。」

小吳覺得伍德祖也算是表現出了一點點的誠意，便也不再刁難他了，何況他確實也需要伍德祖的配合，「各取所需」說的也沒錯。再者，對於閆小平案子，他也沒有什麼可以隱瞞的。

「那好吧，咱們就這麼定吧。嗯，你看咱們在什麼地方見面合適呀。」

「太好了。您今天晚上有時間嗎？有時間的話來天政路那條美食街，有一家叫做老胡麵皮的，十點以後，咱們在那裡見面。」

「十點以後……好，可以。」

小吳答應著，對他安排的這個時間略有點不明其意，心想這個伍德祖果然是個大老闆風範呀，難道整整一天的日程都已經排滿了嗎？可是堂堂大老闆卻約自己去一家涼皮小吃店，這又唱的哪一齣呢？

30

伍德祖提到的美食街，小吳自然也是知道的，算是本地一景，是平日裡人們休閒放鬆的去處。只不過他很少來逛，只在幾年前陪著朋友來過一次。他晚上去的挺早，本抱著看看美景放鬆心情的心態，可是看到街上的男男女女成雙成對，卿卿我我的，他馬上就有點後悔來得太早了。他是吃了晚飯才來的，對街上的各色美食也提不起什麼興趣。

因為沒什麼事，走著走著，不自覺地就來了伍德祖指定的那家麵皮店。

現在才是九點多一點，離約定的十點鐘還有著很長一段時間，所以他也沒打算進去，只在這周邊再稍微晃蕩晃蕩，找個地方坐一會兒。鼻子裡忽然聞到一股香味，原來是涼皮店旁邊有一個小攤兒烤麵筋的。正好現在也沒幾個人排隊，他便上去要了一串。老闆是個四十多歲的中年男子，刷油撒料，動作十分嫻熟。老闆問小吳要不要辣椒，小吳說稍微放點兒。

很快就輪到了小吳。

「好了，三塊。」老闆笑眯眯地把烤麵筋遞給他。小吳拿出手機掃碼付了錢。

終於到了差不多十點的時候，小吳走到了麵皮店的門前，左右張望著。他雖然沒有見過伍德祖，但根據他的經驗，倘若對方也在等人的話，恐怕也會左右張望的，那麼兩人很快就可以相認。然而目前暫時沒有發現目標人物，大概對方還沒有來吧，正這麼想著，手機響了。是伍德祖打過來的。他接了起來，聽見對方問：「你在哪兒呢？」

小吳隨即驚訝地發現，對方的說話聲，居然出現了重音，也就是說，電話聽筒裡有一個聲音，而空氣中也有一個聲音。他不由得轉頭一看，這打電話的人竟然近在眼前，只是，讓他無論如何也想不到，居然便是剛剛為他烤了一串麵筋的那個四十來歲的中年男子。

正拿著手機講話的中年男子也愣了，隨即笑了起來，道：「原來就是你呀。」

小吳更是驚訝到差點說不出話來，半晌才道：「我也沒想到會是你呀。」

伍德祖笑道：「嘿嘿嘿，怎麼樣，我的麵筋味道還行吧？」

小吳笑道：「我怎麼想也想不到，你居然幹這個了呀。」

伍德祖彷彿自嘲般地說道：「都賠光了，我不幹這個還能幹什麼？」

小吳猜他說的，就是工廠事故賠償吧，想想每個人賠了三十萬，而那位死掉的賠得更多，以他這種小生意規模的老闆確實恐怕也撐不住吧。但是現在居然改行烤麵筋，這反差可是有點太大了，也不知道他是真的以此為生了呢，還是體驗生活轉換心情的。但是，不管怎麼說，聽他的口氣倒沒什麼哀傷埋怨，反倒透出幾分豁達。

深夜時分，天氣還是有點冷的，所以到了這個點，美食街上的遊人已經頗為稀少，伍德祖便也收攤了。

他問小吳吃飯了沒有，小吳說吃過了。伍德祖便叫他稍微等一下，去麵皮店要了一份麵皮端了出來，又去相鄰的攤位上要了一個雞蛋灌餅，就坐在麵皮店外頭的一張桌子上吃了起來。見小吳有些訝異的眼神，伍德祖道：「你別用這種眼神看著我，不要以為我現在落魄了才吃得這麼簡單隨性，其實我以前當老闆時也是這樣的，我也是農民出身，一輩子也勤儉慣了。」小吳對伍德祖的看法暫時有了一定的改觀，前幾日聽了其他人的議論，在他的想像中覺得這人肯定是一個目空一切趾高氣昂的土豪，沒想到居然也是這樣接地氣。

伍德祖道：「你說說吧，老閆他怎麼了？」

小吳也在桌子對面坐下，幾乎無所保留的把閆小平從家中發生火災到出去旅行，再到出租屋裡自殺的情況講了一遍。

伍德祖拿出半瓶白酒，倒在杯子裡自斟自飲了起來，又給小吳拿了瓶飲料。

「你說的他家發生火災的事，我後來也聽說了。我去他家找過他，你應該也知道吧？」

「對，我聽說了，而且我還知道你打算重新調查工廠賠償案。怎麼？你是怎麼想的？為什麼忽然決定重新調查呢？」

「你說我是怎麼想的？其實我也是個大老粗，什麼都不懂。」伍德祖將麵皮吃得吸溜作響，道，「今天咱們呢先見見，先簡單聊一聊。要是能聊得來呢，改天我再把我侄兒叫出來和你一塊好好聊聊。」

「你侄兒？他是幹啥的？」

「他是學醫的，現在正在讀博。」

小吳似乎有點明白了。

「是你侄兒覺得那些中毒事件有疑問。」

「你說對了，今年過年的時候我侄兒回來了，看我居然變成了現在這副樣子。我侄兒也孝順呀，能不心疼他老叔嗎？我也不怕丟人，就把事情一五一十地說了。侄兒聽完以後就產生了疑問，認為呀，當時的中毒未必是那批膠水的問題。」

「哦，為什麼？」

「唉，這只能怪當時我和我小舅子都沒腦子。大概你也聽說了吧，我小舅子呢，當時是廠長，那批膠水就是他審批通過買回來的。他一開始也知道這玩意兒不合格，但也是為了圖便宜，節省成本嘛。老實說這種事我也是默認的。可是呢——你注意聽我說——我們原來用的並不是這個牌子的膠水。只是因為原來用的那家膠水短時間內供不上貨了，我們急著要推進工作的進度，這才購買了另外這家有問題的膠水。你聽出問題所在了嗎？」

小吳喝了一口橙汁，搖搖頭道：「沒有太明白。」

「一看你也是沒腦子的，當時如果是你遇上了這事呀，你也得完蛋！」伍德祖半揶揄似地說道。

小吳並不生氣，只是覺得伍德祖似乎始終沒有意識到問題的根本所在。在這件事上，他不認真反思自己在工廠選擇原料上以次充好，置員工的安全於不顧，反倒懊惱自己不夠聰明。

「你侄兒到底看出了什麼問題？」

「那批膠水裡面有一種叫做什麼四氯乙烷的物質。這玩意兒的名字，我以前呀是怎麼也念不出來的，現在天天聽我侄兒叨叨，那已經是脫口而出了。這玩意兒人吸多了以後確實會中毒，可是呢它有一個前提，那就是要長期接觸，這下你明白了吧？長期接觸！我以前用的那些膠水基本上都是合格的，員工們用了快三年了，都沒什麼問題，說明他們的中毒和以前的膠水沒關係。而這批有問題的貨呢，他們只接觸了不到一個月，這能稱得上一個長期嗎？那些人就真的能夠產生那樣嚴重的症狀嗎？那批膠水還有些存貨的，我侄兒拿去化驗過了，確實是超標，可也沒有超到天上去，短期接觸不會有什麼明顯症狀的。你明白了吧？」

小吳倒不知道還有這樣的細節。如果他侄兒說的這些都是事實，那麼就表示這起中毒事故可能另有貓膩，存在其他一些疑問了。難怪他們決意私下調查。不過，他隨即想起，上午縣人民醫院的張凱軍似乎說過，閆小平和工友們告訴他這款膠水是一直在使用的。現在伍德祖又說這款膠水只是臨時救急的。到底誰在說謊呢？

小吳委婉地問了一句：「膠水的事，是你小舅子經手的，對吧？他沒給你撒謊吧？或者記錯了？」

伍德祖不以為然地搖了搖頭：「這都是有帳有發票的，這還能假？我懷疑這些個工人們當時故意給我使壞，好好地坑了我一頓！要不是我侄兒聰明，我哪能想到這一層？」

「怪不得你們開始私下調查。進展到哪一步了？有結果嗎？」

伍德祖仰頭將杯中酒一口乾了，又倒了一杯，說道：「唉，要是有結果了，我也不會和你聯繫了呀。現在調查沒什麼結果，我呀本來已經不抱什麼希望了，畢竟我也是有錯在先嘛，就當老天對我的懲罰吧。我這人拿得起放得下，許多事都能看得開的，大不了從頭再來。我這人生起起落落好幾次了，也無所謂。可是呢，你卻在這關鍵時刻告訴我閆小平自殺了，這是雪中送炭呀。閆小平呀，要是不自殺，我還覺得這事可能是我侄兒想太多了，但他現在這麼一走，我想了想，又和我侄兒商量了商量，我們都覺得這件事情呢，變得更加可疑了。所以，我才主動聯繫了你。」

「好幾個工人當中，你一直都特別懷疑閆小平？」

「我沒有特別懷疑他。我只是陪著我的侄子，對當初這個事故的當事人一個一個都重新問了一遍而已，可是呢，閆小平卻不知道跑哪去了，像躲著我似的。我還想著等他回來以後再問問他呢。他倒好，一走了之了。」

「那……」

「哦，也不是說我對閆小平沒有一點點的懷疑。懷疑也是有的。為什麼這麼說呢？因為你也知道，一共有五個受害者，有一個死在了醫院，其他活著的幾個人，身體都不同程度的受到了損傷，留下了一定的後遺症。但是，我去找閆小平，卻聽那些村民說閆小平居然生龍活虎的，越活越精神了，你說說這是不是有點不正常呢？」

「這個嘛……」小吳已經針對這個問題諮詢了張凱軍，便說道，「閆小平平常上班時好像比較注意自身的防護，所以中毒不深，也恢復得比較好。」

「放屁吧，誰說的？閆小平自己說的？」伍德祖瞪起了眼睛，「每個人在廠子裡上班的服裝和防護都是一樣的，他那腦袋，還有這意識？再說了，根據我侄兒最新的結論，他們中毒根本和廠子裡的膠水沒關係，防護再好，有個屁用啊。」

從這個角度來說，小吳剛剛給出的解釋也的確有點不太合乎情理。不過現在閆小平不在了，伍德祖呢，也算是一面之詞，所以小吳也不好下結論。

「當時每個人賠了多少錢？」

「都是三十萬。對了，死了的那個給了六十萬。」

小吳點了點頭，這和郭升平告訴他的金額是一樣的。他接著問：「關於工廠中毒這件事，你還掌握到什麼了？」

「老實說什麼也沒有找到，現在什麼證據也沒有，說啥也是白說。」伍德祖露出了有些不爽的表情。

小吳想了想，問道：「如果你侄兒認為不是四氯乙烷導致的中毒，那是什麼原因呢？不管怎麼說，那些人可的確是中毒了呀。」

「你問得很好。我侄兒告訴我，有一種叫做鉻合鎘的物質也可以造成這種情況。」

「鉻合鎘？」

「對，一種粉末，人要是不小心吸入了或者服用了，也能產生類似的症狀。」

「醫院查不出來？」小吳回憶著和張凱軍的對話，對方似乎完全沒有提及過這種可能。

「哎，我侄兒也說了，這兩種物質對人體造成的症狀確實很像，閆小平又拿著膠水去讓醫生看了，那你想想，醫生當然就先入為主的認為膠水就是原因了。當然了，這醫生水準一看也就不行，這結論下得有點太草率了，可把我害得不輕。我前段時間還去找過這傢伙，那傢伙還很自信，根本不認為自己的診斷有任何問題。」

「這麼說來，你們工廠的加工原料自然不會產生這種什麼鉻合鎘的物質了，要不然，你也沒有重新調查的必要了。」

「那當然了。所以我認為，很可能是有人蓄意下毒。」

「哦……那麼，如果現在通過一些檢驗手段，還能判斷出到底是哪種物質導致的中毒嗎？」

「你的這個腦子呀，現在總算轉過來了，這句話問到了點子上。我侄兒也說了，鉻合鎘這種物質有一個特點，如果被人體吸收以後呢短時間內無法降解，會在骨骼內形成沉積。懂了吧？也就是說活著的那幾個人呢，隨著時間的推移，身體自然就把殘餘的毒物排解了，只要不繼續去接受那種物質，骨骼內慢慢的也不會有殘留了，過了這麼久，現在想檢驗，肯定是檢查不出來了。但是，你不要忘了，當時不是有一個人因為突發心肌梗塞死掉了嗎？如果我侄兒推斷得沒錯，那個人身體裡應該可以檢測到的。」

「那就是開棺驗屍囉？」小吳聽到這裡，馬上想到了那天見到的那個死者家屬。那位遺孀三緘其口，並不願意多談當時工廠中毒一事。不知道伍德祖的驗屍請求能不能成行。

小吳等著伍德祖的答案，結果伍德祖卻沮喪地搖了搖頭：「侄兒已經請他的導師幫忙用很專業的機構驗過屍體，可惜呀，一無所獲，屍體並沒有驗出什麼問題來。」

既然這樣，那麼伍德祖和他侄兒的推斷就沒有正確性了。

「看來你侄兒有點一廂情願了。」

「我這侄子呀，真是讓我白白地空歡喜了一場。當然啦，他也是一番好意。在徹底調查以後，其實我也就已經死心，也打算不再提這事了。可是，現在你又找上門來了，你還告訴我閆小平有點兒奇怪地死掉了，你說我能沒想法嗎？」

「還有一個問題，當時工廠出事後，你為什麼沒有想著做進一步鑒定？那麼痛快就給了賠償，是不是有點太草率了？」

「唉，你以為我甘心呀？一來呢，是我不太懂那些化學知識，當時檢驗出來確實是我的膠水出了問題，我當然自認倒楣了。」伍德祖搖搖頭，「當然了，這不是最重要的。你大概不知道，我們這個廠子能夠開起來，很大一部分原因都是靠了我老姨夫的。我老姨夫在環保局上班，而且身居要職，所以呀當時工廠一些個環評方面不合格的，有問題也當沒問題都解決了。現在出了這樣的事，還死了人，一旦鬧大了，徹底調查，我工廠沒了沒什麼，可不能連累了我老姨夫的仕途。所以只好咬牙大止血，把我市裡的一套房子都賣了。這也算是壯士斷腕吧。我那小舅子，指望不上。」

小吳聽得明白。那天翻地的那位村民也說了，伍德祖老姨夫最近犯事「進去」了。伍德祖如今毫無顧忌地對工廠中毒事故重啟調查，大概也是覺得老姨夫既已被抓，工廠的事註定瞞不過，倒不如索性放開了，查個一清二楚。

伍德祖也不管小吳心裡正在想什麼，說道：「吳警官，我該說的都說完了，現在該你說了。你說說吧，為什麼你認為閆小平的死和我工廠中毒事件有關呢？」

小吳又喝了一口飲料，面對伍德祖的反問，倒不知道該從何說起了。

「你先讓我想想。」小吳說了這麼一句。現在腦子裡似乎是千頭萬緒，知道的越多，反而越有點亂了。關於工廠這起中毒事故，目前有了兩種截然不同的說法，伍德祖侄兒的推斷，雖然暫時失敗了，但小吳總覺得也並非全無道理。而閆小平在其中，是否扮演了某種角色，現階段他並無法斷定。

「這樣吧。你等幾天，到時候我給你一個答案。」小吳站了起來，打算走了。

「哎哎，吳警官，你不能這樣吧？我把知道的都說了，你可沒給我透露一點有用的資訊呀。」伍德祖也站了起來。

「你怕什麼？我不說了嗎，我過幾天給你答案。你得給我時間考慮。你們私下裡這種調查，在我看來都是瞎忙活。我是幹什麼工作的你也知道，術業有專攻，調查這種事，我肯定比你專業。你就先等著吧。」

31

伍德祖昨天晚上說到的情況，一直在小吳腦海中縈繞，尤其是關於這兩種毒物的理論和推測。就像他昨晚向伍德祖提出的疑慮，如果還有一種和四氯乙烷可以讓人出現幾乎相同症狀的物質，經驗豐富的張凱軍不應該不知道吧？

天亮後，他馬上就此事電話諮詢了張凱軍。

張凱軍道：「這種東西，我當然也知道的。可是，那幾個工人的工作環境並接觸不到這個玩意兒。他們接觸到的，只是那一款膠水，而那一款膠水中添加的超量有毒物質就是四氯乙烷，明白吧？我並不是根據他們的症狀來推斷他們幾個人是四氯乙烷中毒或者是鉻合鎘中毒的。記得那天我也跟你講過，我對他們診斷的過程。我是先判斷他們是中毒了，然後才想辦法確認毒源的。毒源就是來自那些膠水嘛。不過，好端端的，你怎麼會想到這個問題呢？」

小吳便把伍德祖侄兒提過的膠水中的四氯乙烷致人中毒需要一個時限的理論說了。

「對，這種說法是對的。膠水中只是四氯乙烷超標了，並不等於讓工人置身在一個純四氯乙烷的環境下，且人的吸收也是相當緩慢的，就像是新房裝修後會產生甲醛，住久了會對人體產生傷害一樣，這都是慢性中毒，會有一個比較長的過程。」

「可是我昨天見到伍德祖了。他告訴我，那批有問題的膠水也只是臨時批發來的，工人們並沒有使用了多少天。」

「哦，是嗎？他是這樣說的？他們的鬼話能信嗎？」

「這一點應該沒問題，他們當時進貨是有發票記錄的。」

電話那頭的張凱軍沉默了。過了一會兒他才說：

「可是閆小平和其他幾個工人都告訴我，他們一直以來使用的都是這麼一款膠水。他們工廠裡並沒有什麼可以產生鉻合鎘的物質啊。我也是基於這一點，才確認了毒源的。難道說他們撒謊了？」

「現在嘛，兩邊的說法截然相反，總有一方說謊了。」

「我不認為閆小平他們會撒謊，他們當時是實實在在地中毒了。除非伍德祖他們現在查明了毒源是鉻合鎘？」

「那倒沒有。」小吳想起伍德祖說他們驗屍的事情，結果一無所獲。

「沒有的話，那就是伍德祖他們想多了，或者是又在搞什麼陰謀詭計。發票應該也可以偽造吧？」

小吳結束了和張凱軍的通話。

要想證明閆小平等人有沒有撒謊，除了去驗證那些發票以外，還可以去問問其他幾個當事人。小吳馬上想到了郭升平。上次和對方短暫接觸以後，小吳覺得郭升平為人還是比較正直的，也比較明事理。在這件事上，他應該不會對自己說謊吧？

小吳即刻將電話撥了過去。

接到電話的郭升平是這樣說的：「最開始是閆小平要我們大家統一口徑，面對張大夫的詢問，就說一直都在使用這款膠水。大家也都明白閆小平的用意，因為越是這樣說，就顯得我們的情況越嚴重嘛，大夫也會馬上給我們出診斷報告。我雖然覺得這樣做有點不太好，但為了不損害大家的利益，也就默認了。至於你提到的什麼銘合鎘，我壓根沒聽過，也沒有聽其他幾個人說過。」

「也就是說，導致你們中毒的這批膠水是臨時進到車間的，你們以前用的並不是這個牌子。」

「是的。」

「以前牌子的膠水，有拿去讓醫生化驗嗎？」

「沒有。大家都覺得沒必要，畢竟我們中毒的原因已經找到了。」

郭升平的這一番話，讓小吳徹底明白了，膠水的確是短期使用的，伍德祖並沒有撒謊，但是在閆小平的授意下，大家都沒有向醫生說明這個事實，從而導致張凱軍給出了四氯乙烷中毒的結論。伍德祖那時候也不懂得這些藥理知識，而且又做賊心虛，還怕連累到他的老姨夫，所以也就痛快地答應了賠償的事情。

以現階段調查的結論來看，伍德祖侄兒的推論是有道理的，那一批膠水似乎還不至於讓閆小平等人出現症狀。

那麼，讓他們中毒的真的是另一種物質鉻合鎘嗎？

可是，伍德祖對那名治療期間心肌梗塞死亡的員工開棺驗屍以後，並沒有在那個人的骨骼中發現殘留，也就證明他們並不是鉻合鎘中毒。

這到底是為什麼呢？這不就出現了一種矛盾嗎？

忽然，一個念頭像一道閃電一般劃過他的腦海。

他徹底明白了！

小吳迫不及待地撥通了伍德祖的電話。

「喂，吳警官。」

「你知道閆小平女兒出車禍的事吧？」

「知道，他那時候還想問我借錢呢。」

「你沒有借？」

「這人好賭，借這種人錢是有去無回的，我又不是傻子。並且我當時也不相信他女兒出車禍，我以為他是找藉口借錢賭博呢。後來呀才知道他女兒確實出車禍了，但好像聽說他已經籌夠錢了。他也沒再給我開口，我當然也不會借給他了。」

小吳像是早已經料到了這個結果似的，點了點頭。

「那個心肌梗塞死掉的員工，現在他的屍體在哪兒？」

「檢查完了，又給埋回去了呀。」

「我建議挖出來再檢驗一次。」

「幹嘛呀？你要再找人檢驗？信不過我找的人嗎？那可是我侄兒的博士生導師，聽說也是大醫院的專家呢。可不要再挖出來了。上次挖的時候他家女人死活不同意我挖，害我花了一筆錢才搞定。現在你又讓我去挖，不是瘋了嗎？讓這位兄弟在九泉之下受到了一次驚擾，我已經很過意不去了，還讓我再去挖，這種損陰德的事，我是說什麼也不會幹了。」

「現在你跟我講這種損陰德的話！你的工廠污染人家村民的土壤，你的那些膠水不合格讓員工受到傷害，那時候你就不想想你怎麼損陰德了嗎？你現在必須挖出來。不說別的，你不想弄清楚這次中毒事故的真相了嗎？」

怎麼也想不到，看起來性子很溫和的小吳，居然用這樣嚴厲的語言來指責他，電話那邊的伍德祖也不由得愣了愣。

32

時隔一年之後，居然又有人在他們家出租屋裡自殺了，這也有點太背了，但是劉浩軒對這件事情也並不太在意，他有點擔心的是住在隔壁的女孩小雅會因為害怕而搬走。不過過了幾天，他的心總算是落了地，小雅和另外一個男孩謝文峰兩個人似乎都沒有要搬走的打算，這讓他頓時吃了一顆定心丸。

劉浩軒現在對這個女孩越來越入迷。他雖然可以全方位無死角地全面監視著這個女孩，可以看到那些個粉絲無法看到的畫面，可以瞭解到那些粉絲都不知道的祕密，可是他並不滿足，甚至於還有些嫉妒那些粉絲。因為小雅會在螢幕前和那些粉絲互動聊天，她會為那些粉絲唱歌，會為那些粉絲跳舞，可是她卻不會和他聊天，也不會為他表演。

不行，我一定要讓小雅知道我對她的支持，我對她的愛戀，讓她知道我才是她的頭號大粉絲。在這個念頭的促使之下，劉浩軒馬上在直播平臺上註冊了一個帳號，註冊ＩＤ就叫做「我愛小雅」。隨後的日子裡，他不僅僅通過手機監視畫面來關注著小雅，也會打開平臺觀看小雅的直播。

他瘋狂地給她留言，卻失望地發現他的每一條留言都淹沒在那些狂熱粉絲的留言當中，根本激不起一點點的水花。小雅從來沒有回覆過他的留言，似乎根本沒有看到他的留言似的，也從來不對他假以辭色。他在那群粉絲中沒有一點點競爭力，過往產生的優越感蕩然無存。

他簡直快要瘋掉了，久而久之他才發現，要想引起小雅的關注，最好的方式還是刷禮物。刷的禮物越多，小雅越開心，小雅才會用甜甜的聲音來叫出那些刷禮物粉絲的名字，親切的稱呼他們為哥哥，並對這些哥哥們噓寒問暖，和他們談心，和他們分享日常。

我一定要讓小雅看到我，讓她徹底地注意到我，讓她所有的關心都對我一個人而來！劉浩軒想到這裡以後，馬上向著平臺儲值，刷了一個一萬塊錢的大火箭。

「謝謝名叫『我愛小雅』的這位哥哥，小雅也愛你。歡迎『我愛小雅』以後常常來小雅的直播間。」

第一次聽到小雅叫出他的名字時，他感覺全身都酥麻了。現在不光是小雅，連那些粉絲的目光似乎也集中在了他的身上，大家都熱烈地刷屏，高呼「老闆大氣、老闆大氣」。隨後他發到螢幕上的每一條留言，小雅都進行了熱情地回應。這給了他極大的滿足，可是這滿足感持續了不到五分鐘而已。因為，就在這時候不知道又有哪個傢伙，忽然也發出了一隻火箭，不，這個傢伙不是發出了一隻火箭，而是連續發出了兩隻火箭！

兩隻效果絢爛，視覺衝擊力極強的火箭顯然帶給了小雅極大的衝擊，她的臉上洋溢著幸福與興奮的笑容。這笑容顯然是給到這個傢伙的。所有的讚美此時都圍繞著這個不知道從哪裡冒出來的傢伙。

劉浩軒怒氣勃發，誓要和這傢伙幹到底，他馬上儲值，「嗖嗖嗖」地發出了三隻火箭。這三隻大火箭就像劉浩軒體內那噴發的慾望一樣，讓他和螢幕另一端的小雅同時達到了高潮。

經過了一陣殘酷的廝殺，劉浩軒在粉絲榜的爭奪上，一馬當先開始全面領跑。小雅的直播裡，他才是老大，老大中的老大，大哥大。而他和小雅的聊天變得更加順暢自然，因為他是最瞭解小雅的，他知道小雅平常的生活習慣，他知道小雅的愛好，他知道小雅喜歡吃什麼不喜歡吃什麼，他知道她哪天心情好，哪天心情不好，甚至知道她哪天來了月事。

這一次他大獲全勝，那些所有試圖癩蛤蟆吃天鵝肉的傢伙，都遠遠地被他甩在了後頭。

33

小雅以前本來只是一個二流主播，在整個平臺中並沒有多少流量。自從這個ＩＤ名為「我叫小雅」的狂熱大哥對她瘋狂迷戀之後，她的地位居然扶搖而上，迅速衝上了舞蹈區的熱榜。

這讓她開心了好幾天，不過興奮過後也稍微有點擔憂。因為她感覺這個榜首大哥似乎對她非常瞭解，她每天幹了點什麼，吃點了什麼，他統統都能猜中。難道說這是她的一位熟人嗎？是她的一位朋友嗎？她慢慢地把懷疑的目光投向了隔壁的這個男孩謝文峰。她能感覺出謝文峰明顯是對她有好感的，因為，對方每次和她聊天都會有點臉紅。

是他每天觀看她的直播，並給她刷了這麼多禮物嗎？可是小雅又覺得懷疑，因為這個男孩似乎也不像是什麼有錢的大佬呀？

謝文峰是這個狂熱粉絲倒還好了，畢竟他看起來不像是壞人，現在怕就怕在什麼地方還有一個人在偷偷窺視她，說不定是對面樓上躲著個變態，每天拿著望遠鏡呢。

現在的小雅是既開心，又擔心，每天都把窗簾緊緊地拉上，白天也不例外。

今天中午就小雅一個人在家，她睡醒之後叫了個外賣吃了。

現在排在粉絲榜前幾位的大哥都加上了她的微信。小雅除了直播以外，每天還得花時間陪他們聊天，和幾個人同時周旋，真叫她有點吃不消，而且，這些人總會提出一些過分的要求來，小雅還得絞盡腦汁地去回絕他們。這可是個技巧活兒，又要讓他們開心，又不能得罪了他們，畢竟這都是她的金主呀。有時候，這幾位金主的競爭也讓她樂在其中，只是她還得繼續修煉，想要把幾位金主馴得服服帖帖，玩弄於股掌之上，似乎還欠一點火候。也有經紀公司聯繫過她了，想要和她簽約，為她包裝，那樣她倒可以省下不少事。她目前還在猶豫要不要答應。

水壺燒了一半，忽然沒了動靜。小雅走近了一看，插座燈不亮了，居然又停電了。

搬過來這才住了多長時間呀，都停電兩回了。要再停電，我可真要搬走了，小雅有點不滿地嘟囔著。隔壁那位大叔自殺以後，她並沒有動搬走的念頭，因為她認為那位大叔活著的時候就是個好人，每天總把屋子收拾得乾乾淨淨，還幫願意幫她丟垃圾，現在雖然死了，肯定也不會害他的。她甚至還有點懷念這位大叔。

但是停電停網這件事兒她卻有點受不了，這太影響生活了。

她走到客廳，去另一間房門前敲了敲，沒人回應，果然那個叫謝文峰的男孩上班去了不在家。這怎麼辦呢？只好等物業的人來修吧。

小雅等了一會兒，果然有人敲門。她問清楚以後才開了門。一看還是上次來過的那個電工。

「抱歉啊，物業通知了我，說咱們這裡又停電了。」

「對呀，這個社區怎麼回事呀？怎麼老停電呢？煩死人了。」

「唉，這社區畢竟有些年頭了，有時候線路老化也是沒辦法的。不過妳放心，馬上就可以修好的。我記得上次就來過妳們家檢查過線路。」

「是呢，那你再檢查檢查吧。」

小雅屋裡的線路沒有發現什麼問題。謝文峰人不在，臥房打不開，沒法檢查。另一間原來屬於大叔的臥房，現在也是鎖著的。

電工問小雅是否可以聯繫一下房東。小雅和房東太太通話後，房東太太卻說，大叔的房間員警叮囑了，目前誰也不能動誰也不讓進，所以門不能開。得知家裡沒電以後，房東太太認為，大叔家現在又沒人住，又沒人用電，就算有問題也不會是他的房間，就不要檢查了。

小雅覺得也有道理，就把這番話轉述給了電工。那電工也理解地點了點頭。小雅道：「上次停電你不是來過嗎？也不是我們家的問題啊，對吧？說不定還是上次樓上的那一家出問題了。你先去樓上看看，最後實在不行我們再想辦法。」

電工似乎也是這個想法，沒再多說什麼便離開了。

二十分鐘以後，終於又來電了。小雅鬆了一口氣，然而微信上收到的一條消息，卻讓她瞬間感到不自在起來。

「妳家是不是停電了？」消息是這麼問的。

發資訊的正是新晉的榜一大哥。

「你怎麼知道？」她有些不安地問。

消息很快回過來了：「小雅，我和妳有心靈感應，妳信不信妳腦子裡在想什麼我都知道。這就是我們兩個人的默契，有一句話不是說心有靈犀一點通嗎？說的就是咱們倆的關係，這說明咱們就是這麼有緣分。」

她愈發覺得不安，這明明就是被監視了嘛！但還是發了個調皮和害羞的表情過去。

突然，一個可怕的念頭湧上她的腦海，這不會是大叔的靈魂整天漂浮在空中，不斷在凝望著我吧？所以他才能知道發生在我身上的一切……

她隨即打消了這個荒唐的念頭。

34

墳頭重新壘了起來。小吳最後也拿起鐵鏟，和眾人一起，對著墳頭撒淋了三鏟土。

「元元，你終於回來了，這次可以安息了。」趙麗娟輕聲祝禱完畢，隨即回頭對小吳深深的鞠了一躬，「我替我丈夫謝謝你。」

「不用客氣，這是我應該做的。」

總算是順利找回了洪元元的屍體，沒有辜負這位大嫂的委託，也沒有辜負自己當初立下的誓言，小吳心中微覺滿足。

趙大嫂堅決要留他和幾個同事吃飯。他本來是要婉拒的，可看著趙大嫂那無言感激的神情，他知道這頓飯是非吃不可了。

那天小吳經過多番走訪，正頭疼於膠水中毒事件似乎存在一些自相矛盾、無法解釋的疑問後，經過認真的思索，他漸漸發現了一個可能存在的事實，從而將毒膠水事件和正在追查的閆小平買屍案產生了聯繫。

從伍德祖、張凱軍、郭升平這三個人的回憶中可知，在這一次的毒膠水事件之中，閆小平顯然起到了一定的主導作用，是他授意其他幾個工友向醫生隱瞞了那批有問題的膠水只是臨時進貨的事實，才讓後續的一系列賠償問題能夠順利進行下去。

而那批臨時進貨的毒膠水，不管是伍德祖的侄子，還是張凱軍都一致確定，如果只是短期的接觸，是無法對他們幾個形成症狀很明顯的身體傷害。

這樣一來，造成他們中毒的原因很可能就是伍德祖提到的鉻合鎘。不過伍德祖也提到，他們工廠內並沒有含有鉻合鎘成分的材料。

這說明什麼呢？說明閆小平一人或者夥同他人利用不知從哪裡搞來的鉻合鎘，一起自導自演了他們這次中毒事故，並想方設法讓所有人都以為病因是出在不合格膠水產生的四氯乙烷上，從而讓工廠承擔責任，給予他們巨額賠償。

根據小吳曾經列出的時間線，閆小平那時候正為了女兒車禍治療費用問題而發愁，所以才會鋌而走險吧。

至於整個事件是閆小平一人所為，還是其他幾個工友也參加其中了，現在還無法確認，畢竟無論郭升平等人說什麼，也都是一面之詞。

如果是閆小平一人所為，其他人都不知情，那麼他極有可能就是投毒。如果其他人也有參與的話，那就是合謀了。聯想到好幾個人事後都留下了後遺症，難道這些人真的會以自己的性命為賭注，以自己後半生的健康為籌碼，來向工廠騙取一筆賠償金嗎？還是說他們低估了這種毒物對身體的危害？

這個疑問暫時擱置不提，有一點可以確認的是，如果這些人當時出現的症狀實際上都是鉻合鎘中毒造成的，那麼那個死去的員工陳觀奇骨骼內絕對會有鉻合鎘的殘留。

閆小平作為這起中毒事故的主導者，他顯然很清楚這一點，如此一來，那具死者屍體的存在，對他來說肯定始終是一個隱患。

既然如此，最簡單的方法，就是從墳墓中盜走屍體，讓這具體屍體徹底消失。可是這樣做也有問題，當有人尤其是伍德祖等人後續展開調查的時候，一旦發現屍體消失了，就會產生更大的懷疑，這對閆小平而言就變成了一種欲蓋彌彰的做法，所以說單純盜走屍體就算不上一個十分高明的方法。

在此基礎上怎麼做才是最優解呢？那當然就是來一個狸貓換太子，用另一具正常死亡的屍體來替換掉有問題的屍體。

這恰好就解釋了，為什麼閆小平當時買屍曾經提出的種種要求，比如說屍體的身高和年齡，甚至於屍體死亡的時間，其目的自然是為了找到一具和這個死亡員工基本相符的遺體。

而很顯然他這個計畫成功了。因為恐怕誰也不會想到這墳內的屍體居然被人替換過了吧，所以就算是伍德祖的侄兒請人來檢驗屍體，自然也不會想到先要對這具屍體的身分進行一次確認。

所以，伍德祖與他侄兒的調查最終才一無所獲。

為了證實以上的推論，小吳才馬上要求伍德祖再次開棺驗屍。而隨後通過ＤＮＡ手段的確認，證實了埋在死者墳地中的這具屍體的確是洪元元！

小吳還真的感覺有點慶倖。若非老楊和劉驍勇他們這個盜屍團夥意外落網，供出了曾非法盜賣過一具男性屍體的情況，小吳也不會開始調查，自然也不會和伍德祖產生任何交集。而這起事故的真相，恐怕也就永遠無人得知了。

現在順利迎回了洪元元的屍體，對小吳而言，他的任務總算是完成了。唯一遺憾的是，那名出事員工的屍體恐怕很難找回了，假如被閆小平埋在了某處，或許還有被發現的一天，倘若被閆小平一把火燒成了灰燼，那就徹底沒辦法了。

現在，小吳已經給了趙麗娟一個圓滿的交待，閆小平女兒閆一菲的面容一時間也浮現在了他的腦海。對於閆一菲的委託，關於她父親自殺的動機，他現在也基本有了答案。

閆小平之所以選擇以這樣的方式離開這個世界，是因為他已經完成了自己的使命。他成功獲得了一筆鉅款，並交給了自己的女兒。但是，他很清楚這筆錢來路不正，總有被調查的一天，可是一旦他不在了，那就變成了死無對證。畢竟，隨著那唯一一具可以證明鉻合鎘存在的屍體已經被他毀屍滅跡，關於工廠中毒事故真相的所有推斷都變成了理論上的可能性。

從趙麗娟家中離開後，小吳拿出手機，從通訊錄裡找到了閆一菲的電話。那個楚楚可憐的女孩的影像浮現在他的腦海。

望著那一串手機號碼，他在斟酌著，該如何告訴她這個真相。

恐怕任何一個女兒，也無法接受自己父親犯下了很可怕罪行的事實吧。

三、一屋不掃

35

監視器顯示，那個女孩先在酒店七樓走廊中徘徊了一番，又去到了八樓的走廊，最後從走廊盡頭的一扇窗戶中跳了下去，墜樓身亡。警方最終以自殺結案。

可是女孩的男朋友始終無法認同這一結果。因為女孩的自殺存在著幾個疑點，首先，女孩當時是去外地應聘工作的，並無任何要自殺的傾向。第二，她選擇自殺的地點也很奇怪，走廊盡頭的窗戶安裝了限位器，限制了窗戶打開的幅度，只能露出十幾公分的空隙，以防客人墜落。除非硬擠，一個成年人才能鑽出去。窗臺離地也很高，顯然不是理想的跳樓場所。更何況，女孩並沒有在這家酒店辦理入住，也沒有和任何人在這裡約好見面，如果特意來此地自殺，那也太不合情理了。

然而，監視畫面所顯示的一切，卻說明這就是一場自殺行為，女孩未曾受到任何外力的施壓，整個走廊內自始至終也只有她一個人，若不是自殺，又能是什麼？這也是警方結案的依據。

事實上，最終證明，這卻是兇手精心設計的一場極為高明的偽裝自殺的殺人詭計。

而成功破解了這個詭計，找出真相的正是她的男朋友。他在求助警方無果後，閉門修煉，一口氣閱讀了上千本推理小說，向十數位名偵探跨時空交流學習，邏輯推理能力和想像力獲得了極大的提升。很幸運的是，得益於一位刑警隊同學的幫助，他接觸到了許多現實案件中出現的匪夷所思的謎團（如死而復生、神祕消失等等看似不可能實則乃人為詭計），並為這位同學在偵辦案件過程中提出了非常關鍵的建議，在案件偵破的同時，他也從中積累了很多的實戰經驗。

如今的他，經過不斷的錘煉，已經恰似一位武林高手一般，能夠輕易看穿敵人一切精心佈局的陰謀詭計。他破解謎團的能力，雖不能說蜚聲於外，卻也在朋友之中廣為流傳。

此時的閆一菲，便無意中從一位朋友口中，得知了他的存在。

「自殺」這個字眼，對於她而言，同樣的痛心徹骨，感同身受。吳警官那天打電話約她出來，已經將父親案子的最終結論告訴了她。但她自始至終，都不肯認同父親是自殺的這一結果。她相信，父親的死，一定也是有人蓄意為之，只不過瞞過了所有人而已。

正是抱著這個想法，她決定前往拜訪這位傳說中的人物。此人名叫趙漸，在市區經營著一家十香豆腐乾店。

根據導航的提示，很快到達了目的地。店鋪設立在一條還算繁華的街道上，位置十分顯眼，閆一菲一走近，便看到了頭頂上那大大的招牌，寫著「十香豆腐乾」幾個大字。

閆一菲走進去，見左右兩邊各有一座高大的玻璃貨架，最裡面是櫃檯，櫃檯後面坐著一個男子，正在低頭看書。店中因為沒有客人，顯得異常地安靜。

那男子聽到閆一菲的腳步聲，抬起了頭，見是來了客人，馬上欣喜地闔起了書本說道：「請問，妳需要點什麼？」

閆一菲有些好奇地打量著他，見他約莫二十八、九歲的年紀，雖然稱不上帥氣，卻也儀表堂堂。此刻，他的眼神和語氣都帶著一種深切的渴望，似乎還有一點點小小的可憐，似乎你若不買他一點什麼便轉身離去，就會一輩子心中有愧。

「本店特色經營十香豆腐乾，在一位牛氏傳人五香豆腐乾祕制原料和工藝的基礎上，推陳出新，幾經實驗才終於獲得成功。嚐過的客戶沒有一個不叫好的，妳要知道，這十香豆腐乾，並非只是十種簡單的口味混合在一起，而是多種排列組合之後，變得層次分明，如果妳還記得初高中學過的排列組合的計算方法，那麼應該知道，十種不同的香料搭配可以產生多少種不同的口味出來吧。這就好像我們平日裡見到的顏色一樣，在三原色混合的基礎上，就可以形成很多種不同的顏色。如果妳對平面設計有研究的話，應該會知道當三種顏色在不同的數值，不同的比例混合後，就會產生不同的顏色……這十香豆腐乾也是同樣的原理，每一種香料的比例不一樣，也會產生不同的口味，所以說即便是在一塊豆腐乾中有著十種相同的香料作為根底，但是由於每種香料所占比例不同，那麼又會產生一種完全不一樣的口味。我們人類有著非常強大的味蕾，哪怕僅僅是一絲絲的不同，都可以很輕易的嘗試出來……」

閆一菲美目流轉，顧盼生輝，眼睜睜地聽著趙漸的這一大通介紹，卻有些不知所云。恐怕這一番話，他不知道已經向多少人做過說明，雖然還是有那麼一點點顛三倒四，邏輯不通，也稱得上熟極而流了。

「我要一份燙豆皮兒，加一份藕片，微辣！就在這裡吃。」閆一菲忙打斷了他。

「好，妳請稍等！」

「另外，成品包裝的十香豆腐乾，我再要十份，分別送給我的母親、我的舅舅、我的姨姨、我的表哥……」

「好的，沒問題。」趙漸大喜。

閆一菲略感好笑。來時她那位朋友已經叮囑過了，這位名叫趙漸的店主自從盤下這個店面後，一向生意蕭條，門可羅雀，所以前去拜訪時，務必要先照顧他的生意。

閆一菲依照指示豪購完畢，這才清了清喉嚨，正式做了自我介紹，說明來意。

顯然，閆一菲提到的父親去世一事，已經引起了趙漸的興趣。認真傾聽的過程中，他會適時地打斷她，反覆確認其中一些的細節。最後趙漸問道：

「我很想知道，對於你父親的離世，妳產生懷疑的理由在哪裡？」

閆一菲馬上列舉了幾個她一直無法釋懷的地方，一是現場沒有留下遺書；二是根據其他人的證詞，父親在出事前情緒和狀態很好，完全沒有自殺傾向；第三點乃是基於那場差點令父親喪生的大火，經調查，已經證實那是一起有預謀的縱火行為。極有可能在父親僥倖逃生後，兇手利用二次機會謀害了父親，並偽裝為自殺。

趙漸不停地點頭，最後他問道：「吳警官怎麼解釋那場火災？」

閆一菲嘆了一口氣，道：「他認為，由於工廠老闆伍德祖一直懷疑我爸爸在員工中毒事故中做了手腳，所以出於報復，放火燒了我爸爸的房子。」

趙漸泡了一壺茶水。

「嗯，也就是說，這是吳警官認為的動機囉？」趙漸將茶杯送到了閆一菲面前桌子上，他也在對面坐下，隨即說道，「我認同妳的懷疑。妳的故事講得很有條理，從工廠中毒事故到盜屍案，再到妳父親的離世，表達得非常清晰。」

「關於父親的很多事，都是吳警官轉告給我的。雖然我無法認同他最後給出的一些結論，但我也承認，他其實也是一個好人。在那段調查的日子裡，他也受了很多累。」

趙漸笑道：「看來我們需要說服他了。這並不困難。從妳的描述中，我能感覺到，吳警官也是一個腦子很聰明的人，只是有些事他一時之間沒有考慮周全。如果我們再為他提供一些思路，他一定會改變想法的。」

看著趙漸一副胸有成竹的樣子，閆一菲大喜：「那我們該怎麼做？」

趙漸道：「聽了妳的敘述，有兩點內容我是比較在意的。我想，對於這兩點疑問，吳警官肯定也不會無動於衷。」

36

「謝謝你們！太感謝了，要沒有你們，我的電動車恐怕就找不回來了。」

一位市民捧著一面錦旗，走進了派出所。

「不用客氣，不用客氣。這是我們應該做的。」小吳收下錦旗，和對方客氣了幾句。

前段時間，此人新買的電動三輪車停放在火車站廣場附近，因當時有急事一時疏忽忘記拔掉車鑰匙。回頭辦完了事，電動車便找不到了，疑似被盜。接到報警後，小吳等人立即展開工作，通過影片追蹤，終於從一處影片監視中尋找到了蛛絲馬跡，確定了嫌犯的藏匿地址。小吳和同事迅速出擊，在某社區內將嫌疑人賈某抓獲歸案，並追回了被盜電動三輪車。

送走了這位市民，小吳正打算將這幾日的工作內容做個整理，手機響了。是閆一菲打過來的。

「吳警官，冒昧又打擾您了。關於我父親的案子，我有幾點疑問，想再和您探討一下。」

那天，小吳通過電話約閆一菲見了面，將閆小平自殺案的最終結論告訴了她。閆一菲雖然沒有多說什麼，但他能夠明顯地感覺到她對這個答案不是非常滿意。

其實，小吳對於自己得出的這個結論也略有些心虛。好久沒有這種不爽快的感覺了，上一次還要追溯到他念高中時，面對一道有些複雜的數學試題，他按照自己的想法最終給出了答案，可是整個解答的過程中總覺有點彆扭。而最終成績出來後，他發現那道題果然解錯了。

對閆小平這件事情也一直是有些耿耿於懷的，現在閆一菲主動和他聯繫，他自然不會拒絕。

「好，妳快講。」

「吳警官，您當時就發生在我爸爸身上的一系列事件列出過一條時間線，您還記得吧？我爸爸是去年八月底獲得工廠賠償的，金額是三十萬。」

「對。」小吳馬上拿出了放在案頭的筆記本，翻到了記錄著時間線的那一頁。

去年五月份，閆小平女兒發生車禍。

去年六月底，工廠發生中毒事件。

去年八月份，獲得賠償。

去年九月份，閆小平性格發生大轉變。

去年十一月八日，閆小平購買屍體。

去年十一月二十日，家中失火。

去年十一月二十二日，閆小平外出旅行。

今年三月二日死亡。

「爸爸在去年十一月份，向一個盜墓團夥買了一具屍體。那些盜墓賊供述，爸爸一共給了他們八萬塊錢，是吧？」

「是的。」老楊等人的證詞，小吳記憶猶新。

「可是，吳警官，您記得那次您在火車上，向我確認過一個問題，我爸爸還有多少積蓄對吧？」

「當然記得。」小吳說道。他那時是為了確認閆小平死後的遺產問題，才向閆一菲打電話確認的，記得閆一菲說過，閆小平的身上就還剩三萬塊錢，其他的錢都給了女兒。不，準確的說，是將二十萬都轉給了女兒，五萬給了前妻，自己只留下五萬……轉帳是什麼時候的事了，似乎閆一菲說過，是去年九月份……

想到這個月份以後，小吳打了一個激靈，他忙向閆一菲再次確認：「我記得，我問過妳爸爸給妳轉帳的時間，似乎是去年的九月？」

「對。」

隨著閆一菲給出肯定的回答，小吳不知不覺地用力握緊了手機。他忽然覺得自己忽略了一條很重要的線索。按照閆一菲的說法，閆小平把大部分的賠償款都給了女兒，自己只留下了五萬塊錢。他自殺以後身上還剩下三萬塊錢的存款，也就是說這半年來他已經花掉了兩萬。閆小平自從不在工廠裡上班以後，就沒有再去工作過，應該沒有別的收入來源的，到處去旅行，住宿、吃飯都是不小的開銷，所以花掉了兩萬塊錢也算是正常。可是這樣一來，他買屍體的錢是從哪裡來的呢？閆小平的妻子也說過，女兒出車禍後，閆小平一分錢也拿不出來，所以那個時候他自然也不可能有其他的存款。

如果算上買屍體所需八萬的話，他身上起碼需要最少有十一萬才行。他哪來的這筆錢？

「妳說的很有道理，一菲。買屍體的那筆錢，來源不明。」小吳承認自己以前忽略了這一點，「妳還掌握了什麼，請繼續說下去。」

「我爸爸初中就輟學了，他是一個地地道道的農民。如果工廠中毒事件真的就像伍德祖推斷的那樣，是另一種有毒物質導致的。可我想不通，這種專業的化學知識，爸爸是怎麼掌握到的呢？還有那種駱合鎘，爸爸從哪裡得到的呢？」

「是的。妳講的很有道理，這一點我沒有深入調查過……」小吳並未因為自己的失誤而沮喪，反而有些興奮，因為，閆一菲給他提供了新的解題思路，他心中的那份不適感頓時消散了不少，「太好了，妳提供的這兩點疑問非常及時。關於發生在你爸爸身上的這些疑問，請妳放心，我會繼續查下去的。」

小吳頓時意識到，閆小平很可能還有一個同夥。那筆買屍款，還有工廠中毒事故的主意，很可能都是這個同夥提供的。

而緊接著，小吳聯想到了發生在閆小平家中的那場火災，這起人為的事故原因到底是什麼呢？

會是一次殺人滅口的行為嗎？只有死人才能徹底保守祕密，只要閆小平活著，這個同夥就有暴露的可能，所以閆小平必須去死。而現在他真的死了，以燒炭自殺的方式……他的死，真的沒有疑問了嗎？

閆小平會不會只是一枚棋子，然後又變成了一枚棄子，而那個可能的同夥才是幕後主使？

37

閆小平所居住的出租屋幾乎是一個正方形。房東太太開門以後，趙漸立刻看到了那已經被部分毀壞卻分別矗立在三個角落裡的三根正方形柱子，底座還是完整的保留了下來。柱子很粗，橫截面每條邊起碼在一公尺往上。瓷磚當初被小吳檢查以後，又按照原樣鋪了回去，一共用了深淺兩種不同顏色，但並非一灰一白相間鋪排，似乎沒什麼規律。趙漸早也聽閆一菲說了，他爸爸在另外一個出租屋裡也替換了人家的瓷磚。

閆一菲用充滿期待的眼神望著趙漸：「你看出什麼來了嗎？」那天她上門拜訪之後，趙漸便答應就父親自殺一事進行一番調查。隨後她立即買了火車票，帶著趙漸來到了她父親曾經居住過的地方。

趙漸沉吟著說道：「要是我預料得不錯，這恐怕是一種死前留言吧。」

「死前留言？」閆一菲有些疑惑地眨了眨眼睛。

「妳不是說過嗎，妳父親的房屋被燒顯然是有人蓄意為之，很可能是要傷害他的性命。在這種情況下，妳父親自然也覺察了他的安全受到了威脅，說不定什麼時候又會被對方給再次算計。上一次算是命大，才逃過了一劫的，所謂明槍易擋，暗箭難防，如果那個人鍥而不捨，繼續設法謀害妳的父親，他未必具有百分之百的把握躲過去了吧。或許，他就是在這種心態下留下了遺言……」

「可是，爸爸為什麼不選擇報警呢？報警不就好了嗎……」閆一菲沒有繼續說下去。她顯然猜到了父親不能這麼做的原因。根據趙漸推測，假如工廠那起事故真的是父親所為，那麼試圖謀害父親的很可能就是他的同謀者。父親遭遇火災的日子，正是那家工廠老闆伍德祖開始重新調查中毒事件以後，也就是說，這個同謀者意識到一旦被伍德祖調查出什麼的話，父親肯定是第一個暴露的人。只有父親不在了，這個人才會安全。由於父親做了違法之事，那麼他當然沒法報警，一旦同謀者被抓，那他自己也逃不了罪責的，所以，父親想來想去，為了活下去，也只能選擇逃亡了。而萬一遇害，也要不動聲色地留下兇手無法察覺的線索。

「那麼我爸爸說什麼了？是事情的真相嗎？是兇手的名字嗎？」閆一菲急切地問道。

「請妳給我點時間。我現在還想不出來。而且……」趙漸認真地望著她，「恐怕這份遺言就是妳父親特意留給妳的。妳應該有極大的機會，比我更先看穿這一切，接收到妳父親的遺言。」

「我……真的可以嗎？」閆一菲臉上露出了迷茫和渴望相交織的神色。她再次將目光投向了這間出租屋，冷冷清清的臥房中，似乎已經感受不到父親任何的氣息。

「讓我們一起努力吧。」趙漸安慰了她。

出租屋裡的那盆花還在窗臺上擺著，嚴格說來那是一盆有土有根，但是沒有植物莖葉的盆栽。聽說民警調查現場時，便發現這盆花的莖葉已經不在了，斷口很齊整，顯然是被什麼東西給剪掉的。斷掉的莖葉並未在出租屋中發現。

看起來趙漸對這盆花很在意。閆一菲連忙補充道：「我爸爸在上一家出租屋裡也養了一盆花，那一盆花倒是好好的，花枝沒有被剪掉。我爸爸平時一直都有養花的習慣，在他老家院子裡原本也有很多花的。這些，我那天已經和你簡單講過的。」

趙漸點了點頭，道：「這些花有做過化驗嗎？有什麼不尋常的地方嗎？」

「這……我沒有聽吳警官說過。如果有需要，我找他確認一下。」

「嗯，先不急。恐怕要確認的東西還很多，咱們匯總起來，一塊告訴他吧。」

「好！」

趙漸向幾乎和閆小平同期入住的兩位租客打了個招呼，向他們問起關於這盆花的情況。

兩人卻並不清楚閆小平是什麼時候購買的這盆花，不過謝文峰回憶說，閆小平出事前四天房間內應該是沒有這盆花的，因為那天他去閆小平房間裡坐過一會兒，沒看到窗臺上有任何花盆的存在。

謝文峰和小雅兩人並沒有因為出租房裡發生了死人事件便匆匆搬走，趙漸深感欣慰，當代年輕人能夠破除了那些老一輩的迷信思想，還是很值得稱道的。

「聽說閆大叔特別愛乾淨。客廳、廚房、浴室，每天都收拾得利利索索的。你們怎麼看待這件事呢？」

小雅臉上露出了懷念的神情。

「大叔愛乾淨，這很好呀。我覺得看著大叔的舉動，就像是看到了我的爸爸媽媽，他們也很愛乾淨很講衛生。只不過，要是我在自己家裡，不小心把客廳弄髒了，我媽肯定會狠狠批評我的，但是在這裡呢，大叔可能不好意思吧，他只是默默地把我們弄髒的地方再打掃一次，所以呢，有時候我也很不好意思。後來我也不知不覺地養成了好習慣，萬一不小心把什麼地方弄髒了，我也就趕緊給處理掉了。大叔這是以身作則，給我們樹立了很好的榜樣。我當時還跟大叔打趣說，我以前在家裡要多懶有多懶，現在跟著大叔，竟然讓我養成很好的衛生習慣，我要哪天回到家裡，恐怕我爸媽都不信我竟然變了個人。大叔人真的是太好了，我把垃圾裝袋放到客廳邊上，都是大叔幫我扔到外面去的。我特別感謝大叔，可又不知道怎麼謝他，只能有時候送他點水果吃。」

聽了小雅描述父親在這裡生活的情景，閆一菲眼圈一紅，幾乎落下淚來。

謝文峰道：「不知道我說的對不對，但是我感覺呢，大叔不單單是比較講衛生，有時呢有點像是強迫症了，有點過分講究衛生了。可能也是一種潔癖吧。當然，這並不是什麼壞事。我和小雅一樣，對大叔並沒有任何意見，反而要感謝他讓我們能在一個舒適的環境下生活。」

「你們問過大叔這樣講究衛生的原因嗎？」

「大叔說了呀，一屋不掃，何以掃天下！我倒覺得，大叔說的也有道理。掃地是一件小事，這卻體現了一個人自律能力。能夠日復一日的去堅持做一件事，那麼這個人很難不在某方面獲得成功。這大概就是『一屋不掃，何以掃天下』所蘊含的道理吧。」

「嗯，你這個理解很不錯。」趙漸拍了拍手，「誰帶我去看看你們用過的木炭？」他也聽閆一菲說了，閆小平自殺所燒木炭似乎來自小雅網購用來燒烤的木炭。

「在廚房裡呢。我直播用過一次，後來就放著沒動。跟我來。」小雅領著大家走進了廚房。

「瞧，在那裡呢。」她指著洗碗池下面的一個紙箱子。洗碗池下還放著幾個罈罈罐罐。

趙漸走上前去，彎腰將箱子拖了出來。他注意到有一隻黑色的蟑螂從兩個罎子旁一閃而過，瞬間不知道鑽到哪裡去了。

箱子裡還剩下一大半的木炭。趙漸拿了一塊出來看了看，木炭是長方形的，中間有一個圓孔。這和他以前見過的木炭外形基本是一樣的。

趙漸重新將箱子推進了洗手台下，說道：「你們這地方也有蟑螂呀。」

小雅道：「那也沒辦法。一開始，大叔把所有地方都打掃得乾乾淨淨，哪裡有什麼蟑螂呀？都是外面跑進來的。那天我還在直播呢，忽然有一隻蟑螂就爬到了我的鍵盤上，噁心死了！」

謝文峰也同意小雅的說法：「對，是這樣的。大叔對我說過，他說他問過了鄰居，樓上住著一個八十多歲的孤寡老太太，每天撿廢品為生，所以呢，家裡堆滿了各種垃圾。就是因為這些垃圾，才招來了許多蟑螂。蟑螂可是到處亂爬，喜歡竄門的。大叔一再重申，叫我們一定要注重衛生。」

小雅道：「是呢。大叔還給我建議，讓我以後吃東西的時候不要老對著鍵盤，食物的渣渣全都鑽到鍵盤縫裡，當然蟑螂就會爬進去，時間久了，把鍵盤也要咬壞了。大叔說了，蟑螂這種東西呢，就是喜歡那種陰暗潮濕骯髒的地方。反而是屋子收拾乾淨了，蟑螂就不會進來，因為牠們會覺得自己不受歡迎。」

閆一菲不住點頭。類似的話，父親也對她說。父親小時候左耳耳膜被蟑螂刺穿了，所以一直對這種噁心的生物深惡痛絕。他這樣注重居住環境的衛生，其實也很好理解。

趙漸問：「大叔出事前，你們見過他嗎？他那天幹什麼了？」

小雅說她那天下午看到閆大叔推著自行車出門了，還和她打了個招呼。

「大叔沒說他要去哪兒嗎？」

「大叔沒說，我也沒問。不過呀，我看大叔當時心情也挺好的呀。他對我笑咪咪的。」

看來小雅對大叔的自殺，也覺得有點不能理解。

謝文峰說他當晚大約七點多的時候看見過大叔，大叔那時候正在收拾廚房和浴室。謝文峰還問了一句要不要幫忙？大叔說馬上就收拾完了，不需要幫忙了。他也覺得大叔很正常，臉色也沒有什麼不好，或者說像是有什麼心事的樣子。

趙漸回頭問閆一菲：「妳爸爸房間的木炭灰進行過化驗嗎？」

「似乎沒有吧。只是根據未燒盡的木炭，簡單地確認了和小雅箱子中的是同一種木炭。」

「那就有點草率了。最好檢驗一下。」

閆一菲忙道：「啊，好。我聯繫一下吳警官吧，看他願不願意幫忙。」她快速操縱著手機按鍵，將消息發了過去。

趙漸感謝了兩位租客，隨後向閆一菲說道：「看看這附近有什麼花鳥市場沒有，咱們去看看。」

閆一菲馬上利用手機地圖進行搜索，瞬間蹦出了好幾家。她明白，趙漸肯定是想瞭解父親在哪裡買的那盆花。

兩個人走出社區，趙漸問：「咱們怎麼過去？」

閆一菲道：「打車？」趙漸搖了搖頭，道：「咱們也騎單車吧。共用單車。」

兩人決定先去離此地最近的一家花市。閆一菲踩著單車，眼望著四周的街景，似乎便看到了父親的身影。父親騎著自行車去花市，恐怕也走過這一條路線吧。

沒用多長時間，兩人便來到了花市門口。一眼望去人來人往，熱鬧非凡。路旁有一片自行車停車區域，兩人鎖好車子，步行進了市場。

趙漸拿出閆小平和那盆花的照片，挨家挨戶向那些店主詢問。不知是閆小平確實沒來過，還是時間太久，那些店主都沒印象了，總之暫時無人記得見過閆小平。趙漸留意到這些花店內外大多數都沒有安裝監視設備，那只能靠這些人的記憶了。就怕有些人天生臉盲，和閆小平只是一面之會，事後未必還有印象。那就麻煩了。

還好，他的擔心多餘了，終於在一家花店裡，那賣花的老闆承認見過閆小平。老闆回憶，之所以還有印象，是因為他發現閆小平也是個養花的行家，兩人聊得很投機。老闆問起閆小平怎麼了，趙漸只簡單說是因病過世了。

「那麼最後大叔買花了嗎？」

「是的，買了一盆。」

「是這個嗎？」小吳拿出了照片。

「對，對。看這花盆很像嘛。沒錯，就是這個。怎麼花沒了呀？」

「大叔是哪天來的呀？」

「哎呀，這個可是不好想起來了呀。那天也沒發生過什麼特別的事呀，總之有十來天了吧。」老闆撓了撓頭。趙漸問大叔是怎麼付的帳。

「哦，他用手機掃的碼。」

「你打開收款記錄，看一看應該能回憶起來了。我們知道大叔的微信暱稱。」

「啊，對呀，這是一個辦法。」

老闆打開微信，找出收款明細，終於找見了：「哦，是這一筆，就是這個月的一號。下午五點二十三分，你們看。」

「大叔有沒有說他買花的用途？」

「就說是家裡裝飾一下嘛。」

閆一菲迫不及待問道：「我爸爸當時的情緒怎麼樣？他還和你談到什麼了嗎？」

「哦，妳是他女兒呀。我覺得妳爸爸挺好的呀，我們聊得很投機。其他也沒談什麼，都是關於養花的。」

趙漸記下了老闆的電話。

兩人從花市離開，閆一菲道：「老闆說了，爸爸拿走的是一盆完整的花。像他這麼愛花的人，應該不會這麼殘忍地把花給剪了吧？」

「房間裡沒有發現斷掉的花枝。這說明花應該是在回去的路上被剪掉的。現在我也只能說這麼多。啊，你父親的自行車，有車筐可以放置花盆？」

閆一菲道：「嗯，在後座的位置有一個大筐，父親平日騎行出門，方便放一些行李。」

趙漸點點頭，安慰了她：「妳不用擔心，我大概已經有些思路了，只是還要等一等木炭灰的化驗結果。恐怕，咱們要在這裡待幾天了。」

38

榜一位置的爭奪戰愈演愈烈。

劉浩軒豁出去了，將父親給他的五萬塊資助金全部儲值打了榜。這筆錢是他剛從學校出來，父親交給他的，他一直存著沒用，因為他那時候每個月已經有一定稿費了。沒想到現在派上了大用場。

經過這一戰之後，他暫時穩定住了自己在小雅直播間中的地位。

他現在已經加上了小雅的微信，每天和她都聊得非常開心。由於通過監視畫面掌握了小雅更多的日常生活，所以每次聊天他能夠能投其所好，把握住關鍵字。他也可以感受到此時的小雅對他充滿了依賴，充滿了愛慕。

閆小平的女兒由一個男的陪著，又來調查他父親自殺的事情了。他對這些全然沒有興趣。

這幾天，他注意到小雅在生活習慣上似乎有了一定的變化。以前的她很少出門的，吃飯也都是點外賣。可是現在呢，每天下午都會在鏡子前把自己打扮得漂漂亮亮的出門，通常到了晚上才回家。有時候還會帶一束鮮花回來。

她出去幹什麼去了？劉浩軒因為無法徹底掌握她的生活，感到有些苦悶和煩惱。他想過去跟蹤她，可馬上斷絕了這個念頭，畢竟他並不是什麼跟蹤狂呀，怎麼能去做這樣的事情呢？

但是，他總有一種不好的感覺，小雅不會是談戀愛了吧？

不，不可能的！現在的小雅，每天和自己聊天聊得這麼愉快，怎麼可能喜歡上別人呢？

這天晚上，他又像往常一樣打開了手機監視。今天的小雅沒有像往常一樣開啟直播，這是他非常介意的，雖然昨天小雅關播時已經通知了大家，說是今天休息一天，可劉浩軒心裡總是覺得不太自在。因為小雅下午又出去了，現在已經晚上八點了，她還沒回來。平日到了這個時間，她差不多就回來了呀。

今天是怎麼了呀？

他早已發微信問過，問她為什麼今天不直播。小雅回覆說有點累了，想休息休息。

休息不在床上躺著，又出去哪裡了？當然了，上街逛逛換換心情也不是不可以，可是她是一個人去逛了，還是和什麼人去逛了呢？一想到這裡劉浩軒便覺得忐忑不安。

時間分秒過去，九點多了，小雅還沒有回來。她不會是出什麼事兒了吧？劉浩軒發了一條微信過去：親愛的，現在在幹什麼？想妳了。

然而遲遲沒有收到回覆。此時的劉浩軒就像是熱鍋上的螞蟻一樣，在屋子裡團團打轉，簡直有些不知所措。

一直到了晚上十一點鐘，客廳的門終於打開了，進來的是小雅！劉浩軒頓時精神一振，可是隨即他的情緒又變得憤怒起來，因為，在小雅的身後還跟著一個男生。

這個男人到底是誰？這麼晚了，小雅為什麼帶他回來？難道說今天小雅是和這傢伙約會去了嗎？

隨即，他看到小雅領著這個男的徑直進了她的臥室。這樣一來，更是讓劉浩軒氣到抓狂。不，小雅，妳不能這樣做，妳怎麼能這樣呢？妳怎麼可以讓別的男人隨隨便便地進到妳的房間裡去呢？

「哥，隨便坐，你想喝點什麼？」小雅問。

「隨便吧，有什麼我喝什麼。」那男的大喇喇地一屁股坐在了床上。

哥？聽到這裡，劉浩軒稍微鬆了一口氣。啊，難道是小雅的哥哥來了？是親哥哥嗎？那麼，她陪哥哥逛逛街也算是很正常吧。哥哥晚上來看看她住的環境怎麼樣，也沒什麼問題吧。對，一定是這樣的。

我為什麼所有事情都往壞的方面想呢？劉浩軒自嘲起來，這只能說明我對小雅太在意了，所以呀才總是容易產生嫉妒心理。

想到這裡，劉浩軒整個人鬆弛了下來。他發現她對小雅的瞭解更深了，他竟然知道她原來還有一個哥哥的。這將是他的優勢，也意味著明天和小雅的聊天將會多出一個新的話題。

只可惜，劉浩軒的情緒只放鬆了幾分鐘。

因為，他看到不久後小雅被這個男人撲倒在了床上，並且已經開始叫對方為「爸爸」了。

39

「爸爸，不要啊……」

小雅任憑這個男人在自己身體上聳動著，只是沒想到這個傢伙還是個變態，喜歡自己叫他爸爸。這也是沒辦法的事情，這可是個財大氣粗的榜二大哥，人家已經在自己身上投資了幾十萬了，線下見面理所當然，她有什麼理由拒絕呢？

萬幸的是，如今的榜一大哥雖然每天都纏著和她聊天，而且好像對她瞭解很深，可是並沒有提出過線下約會的要求。真那樣的話，便意味著她要同時周旋於兩個男人了，可有點吃不消。

何況，她還真有點怕那個真人不露相的榜一大哥。

40

劉浩軒怒火中燒，再也控制不住了。他在屋子裡翻騰一番，最後拿了一把水果刀揣在兜裡，出門騎上電動車，朝著小雅的出租屋飛馳而去。

在社區外把電動車停下後，他注意到路邊有一塊磚頭，也順手抓在了手裡。

天地壇這種老小區是敞開的，沒有大門。單元門[1]的卡他本來就有，一刷就開了，三步併作兩步來到了出租屋外。這是他家的房子，鑰匙自然也有，他正要取鑰匙出來，忽然聽見了門把手響動的聲音，似乎有人在開門。劉浩軒一驚，趕緊遠遠地躲在了一邊。

很快，一個男人從房子裡出來了。過道很黑，且觀察角度不好，劉浩軒只能看見對方的後背，可是從這個人的個頭來判斷，他顯然不是另一位租客謝文峰。好啊，果然是你。已經和小雅完事了？現在就想溜嗎？哪有這麼容易！

---

1 一個社區裡可能有多棟樓，每棟樓又劃分出的獨立居住單元，每個單元有獨立的入口，即單元門。

那人徑直朝樓下走去，劉浩軒躡手躡腳地跟上去，舉起板磚，狠狠地從背後敲在了那人的腦袋上。那人瞬間摔倒，面朝下爬在了地上。「啪嗒」一聲，原來是那人的手機從兜裡滑了出來。望著那人誇張的倒地姿勢，劉浩軒忽然感到了害怕。他的怒火消散了不少，撿起那人的手機，匆匆溜出了社區。看到路邊有一個垃圾桶，便將手機和磚頭都扔了進去。

41

自從小吳意識到在閆小平的身邊可能還存在一個同謀者之後，他便向上級領導說明，開啟了新一輪的調查。

閆小平當時製造那起工廠中毒事故，從動機上來分析，自然是為了獲得一筆賠償，而那個同謀者，恐怕也是出於同樣的理由吧。

閆小平一共得到了三十萬賠償款，其中二十五萬給了自己的妻女，自己留了五萬，自始至終都沒有分給這個同謀者一分錢，這該如何解釋呢？

從這點來看，要麼這個同謀者不是圖財，要麼這個同謀者便是其他中毒員工中的某一人或某幾個人，由於同樣也拿到了工廠的賠償，自然無需分閆小平的錢了。

小吳立即對其餘幾個事故中毒者進行了新一輪的調查，很快確認，去年買屍案發生期間以及隨後閆小平房屋失火期間，包括郭升平在內的三個人一直都在外地打工，顯然都沒有機會參與購買屍體和縱火，成為同謀者的概率不大。

這時，小吳又想到了閆小平付給老楊他們這個盜墓團夥的八萬塊錢，現階段推測也是那個同謀者給的。但按常理來說，兩人如果共同參與了工廠投毒事件，現在又要通過換屍毀滅證據，那麼這筆錢一人出一半，每個人掏出四萬來，才是一種合理的分配關係吧。

可事實上閆小平居然一分錢沒出，而那個合作者卻心甘情願地直接給了八萬。為什麼會有這種情況出現呢？要麼是那人有什麼把柄在閆小平手中，逼得他不得不主動掏錢，要麼此人根本不在乎這些錢。

從這個角度，也可以暫時將那幾個中毒員工從同謀者的角色裡排除掉了吧，畢竟大家還是很看重那筆賠償款的。假如同謀者不在中毒員工之中，那麼他參與此案的目的顯然不是為了錢，那麼他的目的是什麼呢？是和那幾個中毒員工有仇嗎？不，如果有仇的話直接毒死他們就好了，只是讓他們身體受到輕微的傷害，還獲得了巨額賠償，這顯然稱不上成功的復仇方式吧……

小吳換個角度來考慮，這起事故對幾個員工並未造成重大傷害，然而卻對另一個人的傷害不小啊。這個人就是工廠老闆伍德祖！伍德祖不僅損失了一大筆錢，還被迫關掉了廠子。這簡直就是賠了夫人又折兵嘛。啊，那個人目的會不會就是要徹底搞垮伍德祖的廠子呢？

想到這裡以後，小吳覺得非常振奮。

這家工廠由於污染原因，附近的村民是怨聲載道，這一點小吳也是知道的，似乎也有人投訴過，可是因為伍德祖有後臺，都不了了之了。現階段完全可以從當時的投訴方面入手調查嘛。

伍德祖的老姨夫賈占軍前段時間被抓了，小吳便決定先去見見他。通過向上級領導申請以後，終於獲得了和此人在拘留所見面的機會。

小吳問起工廠被投訴的事，頭髮花白神情萎靡的賈占軍回憶道：「一開始是有一些舉報，但都是小打小鬧，無關痛癢。不過呢，後來有一封舉報信被送到我手裡後，引起了我的重視。因為，這次的舉報收集了很多有用的證據，比如說工廠排汙過程的照片，工人不按規範操作的照片，還有一些對人體有害材料的實物以及檢驗報告。這可不得了。還好舉報材料到了我的手裡，我全部壓了下去。」

小吳連忙問道：「哦，寫信人是誰呀？」

「匿名信件，很難知道是誰。」賈占軍想了想，道，「不過呢，我覺得很可能工廠裡有內鬼，因為那些照片上體現的內容，外邊的人是不可能拍到的。當時我警告了伍德祖，要他以後做事小心點。伍德祖也查過，不過還是沒法確定工廠裡哪個人有問題。」

從賈占軍這裡得到的消息還是非常有用的。賈占軍被調查後，所有工作資料都被查抄了。小吳獲得許可，拿到了一份匿名舉報材料的影本。

他先讀了那封信，內容以平實的語言訴說了工廠污染對當地百姓造成的影響，文筆雖不華美，但句子流暢，邏輯通順，顯然寫信者還是有一定文化水準的。幸運的是，這封信是手寫的。通過字跡辨認，有機會找出舉報者。

而那些用於舉證的照片，拍攝角度還算正常，不像是困難情況下偷拍的，內容就像賈占軍所言，都是些工人上班時的一些細節，只有工廠內部人士才能拍到。

小吳馬上帶著這些舉報材料，去找了中毒事故受害者郭升平。沒想到郭升平一看到照片，馬上說道：「啊，這大概是閆小平拍的吧？」

小吳大喜：「是嗎？你知道？」

「我們幾個總在一個車間工作，下班也經常一起走的，所以我有好幾次注意到閆小平偷偷溜到其他車間，拿著手機偷拍。還有其他幾個工人也看到了，你也可以問問他們。」

「你有沒有問過他，為什麼這麼做？」

「當然。閆小平說他想熟悉熟悉其他的工藝流程，學點技術。但我們覺得他沒有說實話，不過這事和我們也沒有關係，也就沒有人當回事了。」

小吳把舉報信拿了出來。

「這封信你看看。你知道工廠被舉報的事嗎？」

「工廠被舉報……是有這麼一回事，去年有一次工廠召集我們大家開會，伍德祖在會上發了脾氣，惡狠狠地警告我們，不要在工廠裡搞事情，有些人耍壞心眼想投訴舉報工廠的，可以省省了。我不知道發生了什麼事，聽得有些莫名其妙。」

小吳點了點頭，想來這自然是發生在賈占軍對伍德祖提出了警告以後。

的。」

郭升平望著這封信，默念了幾句，忽然抬起頭來，道：「我倒覺得這個字，有點像一個人寫

小吳大喜：「太好了，你能夠看出來？」

「你等等。」

不多時，郭升平從電視櫃下的一個抽屜裡拿出了一份門診病歷本。

「瞧，這是初診時張大夫給我寫的病歷情況，你瞧瞧，這個字體是不是有點像？」

「啊，這是張凱軍寫的？」小吳大驚，字體初看起來的確很像。

他向郭升平借了門診病歷本，打算帶回去讓專家做個字跡鑒定。

回去的途中，他接到了A市刑警隊那位和他相熟的大哥的電話。

「你要我們幫忙化驗的花盆泥土和木炭灰的結果都出來了。」

「真是辛苦了，結果怎麼樣？」小吳忙問。那天閆一菲請求小吳對出租屋裡花盆和木炭灰進行鑒定後，他採納了她的建議。

「那盆花沒有任何問題。不過呢，木炭灰中發現了少量的瓜子殼。瓜子殼有口腔黏膜殘留，經過DNA分析，屬於和閆小平合租的女孩方小雅。」

「啊，小雅？」小吳一驚。為什麼木炭灰中會有小雅嗑過的瓜子殼呢？這個女孩，和閆小平的死到底有什麼關係？

難道說木炭是小雅送給閆小平的？她在對方的房間裡逗留了一會兒，兩人嗑了點瓜子，瓜子皮不小心掉進了木炭中？

這和小雅的證詞不符啊。小雅根本不確定閆小平是否動過她放在廚房裡的木炭，難道她撒謊了嗎？

閆一菲已經就木炭化驗之事催問過他好幾次了，現在出了結果，小吳也趕緊告訴了對方。他得知，閆一菲身邊似乎多了一位軍師，正是這個人，分析出了工廠中毒事件有同謀者這一點。

小吳是一個生性豁達之人，做事也不會墨守成規，所以有民間人士願意幫忙，他也樂見其成，更何況作為親屬，也有案情調查知情權的嘛。

挑戰書1

親愛的朋友們，閆小平膠帶密室的線索已經全部給出，大家可以試著給出真相。

42

閆一菲迫不及待地將吳警官對木炭灰和花盆的鑒定結果告訴了趙漸。

「果然是這樣的！」趙漸臉上露出了欣喜表情。

「趙大哥，你發現了什麼？」閆一菲急切地問道。此時兩人正在賓館裡等待著消息。

「在解答這個問題之前，我想問問妳，不知道妳對木炭灰的用途瞭解多少呢？」

「木炭灰？木炭自然是用來燒烤的呀，可是它的灰燼……我不知道。需要我上網查一查嗎？」

「那倒不需要了，我……」

「啊，我想到了一個！」閆一菲馬上說道，「我不知道從哪裡聽說過，木炭灰似乎是可以作為植物的肥料。哦，那還是我小時候的事情了，爸爸在院子裡種花，似乎給我講過這樣的知識。」

趙漸提示道：「不錯。想想妳爸爸在出事前買的那盆花吧。」

閆一菲瞬間反應過來，睜大了眼睛道：「難道，爸爸燒炭的目的，是為了收集木炭灰？」

「妳已經比較接近答案了。我可以告訴妳，木炭灰還有一個功能，就是可以用來清潔汙漬，比如說浴室洗手台汙跡，廚房一些餐具的鏽跡等等，都可以用木炭灰來清洗，能起到不錯的效果。這些生活小常識，是我從我媽那裡學來的。」

閆一菲幾乎要落淚了：「趙大哥，你是說，我爸爸點燃木炭的目的，並不是用來自殺的，而是收集木炭灰用來做清洗和培育盆栽？結果不小心中了毒？」可是隨即她又搖了搖頭：「還是不對的。爸爸如果要在家裡燒炭，絕對不會把門窗用膠帶封閉起來吧？他不會沒有這點生活常識的。」

趙漸道：「我以前讀過一些推理小說，曾經遇過兩個非常經典的膠帶密室詭計，都是兇手精心設計以後，讓警方誤以為死者自己封住了門窗。兩位作家以競賽的方式分別創作了兩部不同風格作品，成為一段佳話。伯父目前遭遇的情況，並不適合書中的詭計。經過對伯父生活習慣的瞭解，我有理由相信，門窗的確是伯父親自封上的。」

「這……」

「妳不要急，讓我簡單做個說明。」趙漸道，「妳還記得吧，和伯父合租的那個男孩謝文峰說過，他們所在的單元樓，樓上有一位老太太由於經常在家裡存放廢品，導致滋生了大量的蟑螂。妳應該知道蟑螂這種生物的特性吧？有縫隙的地方都會變成牠們的窩。我還記得我上大學那會兒，用打火機在宿舍的床板縫隙那麼一烤，就會有蟑螂嗖嗖嗖地爬出來，甚至連放在桌子上的插線板插孔裡，有時候也會有蟑螂鑽出來。我們男生宿舍確實不太講衛生，現在想想，導致蟑螂到處亂爬，也不是什麼奇怪的事情。

「然後一菲妳又告訴我，伯父小時候耳朵被蟑螂咬過，還導致了一定的耳疾。那麼可以想見，他對蟑螂這玩意兒肯定是深惡痛絕的，說不定已經留下了心理陰影。妳想像一下那種場面，樓上老太太家裡垃圾堆積如山，到了夜深人靜以後，不知道多少蟑螂便出來活動了。牠們不會乖乖地待在老人的房子裡，而是到處串門，擴展牠們的領地。牠們的生命力是那樣頑強，生殖能力又是那樣強大，只要一戶人家有了蟑螂，相信用不了多久牠們就會迅速佔領整個單元樓的。妳爸爸自然深知這一點，或許，他在半夜還親耳聽到了那些蟑螂像下雨一樣劈里啪啦從樓上窗戶爬到樓下窗戶的動靜。光是想想，就足以讓人起一身雞皮疙瘩了。」

閆一菲不禁腦海中有了畫面，皺起了眉頭。

趙漸道：「門縫、窗縫只要有一點點的空隙，就會給蟑螂趁虛而入的機會。伯父一定非常擔心，在他睡著以後，這些個讓人噁心的小生物，會神不知鬼不覺地再次爬到他的身上，爬到他的臉上，鑽進他的鼻子裡，鑽進他的耳朵裡，鑽進他的嘴巴裡。或許伯父做夢都會夢到這樣的場景。那麼他會怎麼做呢？當然，他會繼續保持整個房間的衛生，他會不停地打掃，不停地收拾，保證一個乾淨的環境。可是，這還不足夠，這樣的方法還是無法確保不會有新的蟑螂爬進來。所以，這個時候只有一個辦法了……」

閆一菲似乎明白了。

「那就是把窗戶和門上的所有縫隙都用膠帶封起來……」

聽著趙漸的講述，閆一菲彷彿經歷了一場艱難的旅程，額頭竟然滲出了汗水。她太緊張了，她希望趙漸可以給她一個真相，卻又擔心這個真相不能夠成立。

「爸爸果然不是自殺的……」

趙漸繼續說道：「我們大家通常都會犯下先入為主的經驗主義錯誤。因為社會上有太多燒炭自殺的真實案例，所以，大家一看到木炭，一看到門窗被膠帶封死了，就會聯想到燒炭自殺。很多人只知道木炭能用來燒烤，能用來自我結束生命，卻不知道它還有其他的用途，木炭事實上有很強的吸附作用，也可以用來除臭吸取異味的，也是可以用來防潮的。同理，那麼我們為什麼就一定認為膠帶把房間的縫隙都封起來，就是為了自殺呢？比如說冬天家裡太冷了，暖氣不好，晚上冷風颼颼地衝進來，那麼用膠帶把縫隙封住也不是不可能呀，對不對？不過，伯父出租屋的暖氣還好，而且天氣也漸漸暖和了起來，所以呢，我排除了這一點。」

閆一菲雙手緊緊地攥在一起。

「我懂了，我懂了。爸爸自然不會在膠帶封死的房間裡點燃木炭的，他一定是錯開了時間。比如說，下午點燃木炭收集了木炭灰。多餘的木炭灰就一直放在了房間裡，是不是這樣的？睡覺前才封死了門窗。可這樣一來，爸爸他又是怎麼中毒的呢？」

「雖不中，亦不遠矣。不過妳忘了剛剛對木炭灰的檢驗報告？裡面不是檢驗出了有很少的瓜子皮碎屑嗎？而且證明上面有小雅的唾液殘留。這一點，將會帶給我們一個正確的答案。」

「我不明白。」

「妳想想，伯父會為了得到一點木炭灰，就特意去燒木炭嗎？這不有點太浪費了嗎？難道伯父就不懂得廢物利用嗎？」

「啊，廢物利用？」

趙漸問：「隔壁住的那個女孩小雅，是不是在房間裡做過燒烤直播？」

趙漸一語驚醒夢中人，閆一菲瞬間明白了，說道：「是的，這就是廢物利用。對了，小雅還說過呢，她每次都會把房間裡的垃圾裝袋，然後放到客廳一角，我爸爸就會幫她拎到樓下扔了。這就對了呀，這就對了呀。可能是前一天或者前兩天小雅在房間用燒烤爐子直播以後，就把剩下的木炭灰和未完全燃燒完的幾塊木炭，放涼後全部倒進了垃圾袋裡，隨後呢就放在了客廳。等到爸爸幫著收拾垃圾的時候，他便發現了那些木炭灰。爸爸喜歡養花，又愛收拾衛生，當然知道木炭灰在這兩方面都可以發揮很好的作用，所以他不但沒有把這包垃圾給扔了，反而收集起來倒進了裝修房子用完後的鐵盆裡。接下來，爸爸把一部分木炭灰用來清潔了廚房和浴室。而剩下的一部分呢，他就放在了自己的房間裡。對，是這樣的。然後爸爸又騎著自行車去外面買花了，準備把剩下的木炭灰作為肥料用到這個花盆裡。至於為什麼最後沒來得及使用剩下的木炭灰呢，當然是因為那盆花出問題了呀，那盆花不知道什麼原因莖葉斷掉了，只剩下了一個盆，那麼就沒有必要繼續施肥了。可能爸爸還想著繼續留著木炭灰，第二天再去買一盆花呢。誰知，晚上就出事了……」

閆一菲說到這裡，她的聲音低沉了下去。她深呼吸了一次，繼續說道：「可是，屍檢報告爸爸的確是一氧化碳中毒呀。」

趙漸道：「這正是問題的關鍵所在。伯父中毒的來源，並非是燒炭，而是其他途徑。這就增加了伯父是被人謀害的可能性。」

「果然是這樣的，果然是這樣的！」閆一菲再一次緊緊攥起了雙手。

趙漸嘆道：「倘若真的存在一個兇手，對方如何向房間中釋放一氧化碳的，我還沒有弄明白。伯父房間是密閉起來的，沒有空隙讓一氧化碳氣體進入，兇手想在房外輸送氣體進去，並不現實。以前有過真實案例，洗浴中心將含有一氧化碳的有毒氣體排入下水道，這些氣體通過房間內的下水管進入房間，致人死亡。不過，伯父房間並沒有這些東西。另外，我還考慮了兇手提前將一罐一氧化碳放在了他的房間裡，打開閥門，讓氣體緩慢釋放出來。這也不成立，警方當時徹底搜查了他的房間，沒有發現類似的物體，連一顆氣球也沒有發現。」

閆一菲沒有說話，只是緊張地聽著趙漸的推理。

趙漸道：「另外，將一氧化碳放入房裡，也並非一定要用什麼容器。這讓我聯想到了乾冰，乾冰是二氧化碳的固態形式。同理，一氧化碳在一定的條件下也可以被壓縮為固態。假如兇手把一氧化碳以固態的形式，帶進伯父的房間裡，藏在暗處，漸漸揮發，也不失為一個辦法。」

到了這一步，閆一菲頓時充滿了信心：「不管兇手最終用的哪種形式，但這個人必須提前進入過爸爸的房間，對吧？如果能夠查明誰在爸爸出事前那天進入過爸爸的房間，那麼一切就清楚了。」

「不錯。這正是我們接下來要想辦法瞭解的。」

43

經過字跡鑒定，那封匿名舉報信果然是縣人民醫院張凱軍寫的。

小吳要重新審視這個人了，上次和他在食堂聊天，對方便對那家工廠表現出了很大的成見，說起工廠關閉一事，也顯得非常得意。會不會是他舉報不成，心生怨恨，這才聯合閆小平上演了一齣工廠中毒大戲呢？畢竟，這個人和閆小平可是初中同學啊，從小生活在一個鎮子上的，並且，作為一名醫生，他自然瞭解四氯乙烷和鉻合鎘這兩種物質的特性。

小吳再一次去到了縣人民醫院，卻被其他醫生告知，張凱軍請假了，已經三天沒來醫院上班。接著那位醫生又告訴他，今天上午張凱軍的老婆因為聯繫不上自己的丈夫，也來醫院找過他。他老婆似乎不知道張凱軍請假的事，一直以為他被醫院安排出差了。

奇怪，張凱軍為什麼這個時候玩失蹤？難道嗅到了什麼不好的氣味，準備提前跑路了？

小吳立即設法聯繫了張凱軍的老婆。對方告訴他，三天前丈夫說是要去市裡頭出差，可能要待上好幾天。可是，就在昨天早上，她發現怎麼也聯繫不上老公了，電話一直處於關機狀態，她以為老公是不是在開會，不方便接電話，忍了一天，還是聯繫不上，她有點擔心，所以就跑去醫院問了。誰知道醫院居然告訴她，她的老公三天前就請假了。她已經打算去派出所報案了，結果就接到了小吳的電話。

這個張凱軍，家裡和工作單位兩頭撒謊，顯然不是去辦什麼正經事了。

小吳立刻讓同事幫忙，利用技術手段來鎖定張凱軍的去向。不知道張凱軍的手機出了什麼問題，無法通過手機信號來定位他的位置。不過很快，同事便告訴他，張凱軍的身分證顯示，前兩天在一家名叫麗景賓館的快捷酒店裡進行了登記，最重要的是，這家快捷酒店的位置居然在A市。

A市？這不就是閆小平出事的城市嗎，張凱軍為何也去了哪裡？

而且，接下來，同事又查到，除了三天前以外，在本月一日——也就是三月一日，和上個月的二月十七日，張凱軍名下的汽車有過去往A市高速公路的出入資訊，這說明，他在那兩天也分別去過一趟A市，都是上午去，晚上回來的。

三月一日，這不是閆小平出事的前一晚嗎？而二月十七日呢，小吳查看了自己的走訪記錄，那天是閆小平在A市租下房子的日子。小吳馬上向醫院聯繫進行了確認，那兩天張凱軍的確都請假了。

這絕對不是巧合，兩個重要的時間節點，張凱軍都去到了A市，其中必有重大貓膩。

小吳一分鐘也不能等了，他顧不上吃午飯，馬上買票去了A市。下車後第一時間來到了麗景賓館。賓館人員說這位客人只辦理了兩天入住，但是一直沒有主動辦理退房，現在也不知道人在哪裡。

「請調取賓館監視影片讓我看看吧。」小吳道。

監視畫面顯示，張凱軍前天下午出門後，便再沒有回來。他的車還一直停在停車場的。

這傢伙去哪了？

不管如何，既然已經來到了A市，他馬上聯繫了閆一菲，和她匯合在了一處。

時間已經不早了，包括趙漸在內的三個人在賓館找了個飯館吃晚飯。雙方立刻分享了這幾天調查取得的成果，都對彼此得出的結論感到驚異無比。

對於膠帶密室的推斷，小吳是認同的。就像趙漸所說，不管兇手將一氧化碳以何種形式放在了閆小平的房間裡，他本人事發前一定去過閆小平的房間。考慮到張凱軍正是在那天開車來到了A市，很可能去找過閆小平。

小吳立刻將張凱軍的照片發過去讓謝文峰和小雅確認，然而小雅並沒有回覆，大概她這個點在開直播顧不上吧。謝文峰倒是馬上回了消息，說他那天晚上下班回來已經六點多了，不知道閆小平家裡來沒來過客人。不過，他接著馬上說了一個令大吃一驚的線索。

「這個人我越看越眼熟，這不是物業那邊的電工嗎？」

「電工？」

「對。」謝文峰把有一次家裡停電，電工上門處理的事情說了一遍。

「那是哪天的事兒？」

「哦，我想想……還真巧了，那是大叔剛剛入住的那一天。大叔上午和房東談好了租約，到了晚上才搬進去。電工是下午來的。」

小吳和趙漸，還有閆一菲三人對望一眼，這絕對是一個重大的消息。張凱軍為什麼要冒充電工呢？

一個念頭閃過了趙漸的腦海。

「我明白了，我明白了，其實在初步解開了膠帶密室以後，我心中其實還是有一個疑問的。那就是閆大叔的這種獨特的生活習慣，喜歡用木炭灰清洗汙漬，晚上睡覺還會把房間用膠帶封好，兇手是怎樣瞭解到這一點的呢？除非這個人每天能和閆大叔接觸到。所以呢，我還一度把懷疑的目光投向了小雅和謝文峰，而且他們兩人想要進入大叔的房間佈置下什麼一氧化碳的機關，那也是輕而易舉的。可是根據吳警官你的走訪內容，我找不到這兩人會對大叔下手的動機。我始終相信害死閆大叔的這個人，目的就是為了殺人滅口。現在呀，我總算明白這人為何能夠因地制宜謀害大叔了。」

小吳急切地道：「哦，不要囉嗦了，你快說。小雅和謝文峰這條線也不能夠放棄，我會根據事情的進展繼續深入調查的。」

趙漸道：「因為我想到了，要瞭解一個人的生活，除了和他每天接觸以外，還可以通過一種工具，那就是監視器。現在大家去住小旅館，最擔心的是什麼呢，不是房間的衛生狀況，而是有沒有隱藏的攝影機，對不對？現在偷拍真是太容易了。我猜張凱軍化身電工去大叔的房間做檢查，很可能暗中在插座等位置裝上了針孔攝影機，所以他才會清楚地知道大叔的一舉一動。」

「言之有理啊。」小吳差點拍桌子，他站了起來，「咱們現在就去檢查。」隨即又搖了搖頭，「今天實在太晚了，等到明天早上吧。」

閆一菲忽然道：「我有點擔心咱們會空歡喜一場的。你想想張凱軍既然能夠以電工的名義裝上攝影機，那麼在如今事情了結以後，他是不是又回去把攝影機給拆了呢？」

小吳臉上露出了憂色，而趙漸顯然也同意這一點。

小吳卻又說道：「也不儘然。大叔出事以後我特別叮囑了房東太太，要她不可以隨意打開大叔的房間，除了我們警方的要求。房東太太看起來也是個好人，相信她會遵守這個承諾的吧。說不定還有一絲希望。可惜當時我們認定了大叔是自殺的，所以根本沒有想過檢查房間暗處有沒有隱藏什麼設備。」

謝文峰再次提供了線索。他說其實他還見過張凱軍一次，準確地說是見過他的照片。有一天中午派出所民警上門，拿了張凱軍的照片讓他們看，看他們認識不認識這個人，因為這個人半夜被人打暈了，現在送進了醫院，聯繫不上他的家屬。

謝文峰才想起來，當天早上六點多，他和小雅正在房間裡睡得迷迷糊糊的，卻聽到有人在用力的敲門。

謝文峰過去開了門，見到一個不認識的人。那人似乎是隔壁的鄰居，說他早上起來準備出去晨練，卻發現有一個人暈倒在了樓梯口，想問問那個人是不是謝文峰他們家的，認不認識對方。

謝文峰和小雅在這裡並沒有什麼熟人，況且又穿著睡衣，也懶得出去看，就一口否認了。

謝文峰覺得民警說的就是這件事吧。他看了一眼照片，發現這不就是前段時間來修過電的電工嗎？他就這樣告訴了民警。民警簡單詢問後也就離開了。

小吳立刻推算了時間，張凱軍被打暈的日子正是他從麗晶賓館離開後的當天深夜。

小吳大喜。這可真是一個重大的消息。他正在為張凱軍的下落發愁呢，沒想到這個傢伙居然住院了。只要找到了他這個人，那麼一切就好辦了。不過他怎麼會被人打暈呢？還真有點奇怪。

小吳從謝文峰口中收穫了很多。他還想問問小雅，可是她的電話不知道為什麼打不通，大概是在直播中不想被人打擾吧。

他捺下性子來，心想，反正明天一早去到出租屋，一切就清楚了。

最關鍵的是在閆大叔出事前一天，張凱軍到底有沒有去過出租屋，這才是最最關鍵的。

小吳頓時又想起一件事情。

「我當初找到大叔的下落，是動用了技術手段的。張凱軍是怎麼知道大叔的行動路線的呢？

他怎麼知道大叔來了A市，而且還租了房子呢？」

趙漸想了想，說道：「我聽說網路上可以買到非法軟體，置入手機後就可以進行定位。有些女性為了防止老公出軌，就會用出這一招來。張凱軍會不會在大叔的手機裡植入了定位軟體呢？」

聽到這裡，閆一菲連忙把父親的手機拿了出來。

「我檢查過父親的手機，似乎沒有發現。」

小吳道：「這些軟體隱藏很深的，明天我去派出所找技術人員給妳找一找吧。」

44

劉浩軒那晚上狠狠地給了那人一板磚，回去以後氣呼呼地睡下了。他發誓，以後再也不去搭理這個水性楊花的小雅了。

可是這個誓言只維持了不到一天，第二日下午，他又忍不住打開了手機監視軟體。他雖然有點擔心自己當時含著極大怒氣的那一板磚下去是不是把那個傢伙砸死了，不過仔細一想，以自己的力道，應該還不至於出人命吧。他不再去想這件事，而是將更多的心思放在了小雅身上。那個男人這一天都沒有再出現過，劉浩軒很開心。

劉浩軒打算像那人一樣，把小雅約出來，小雅應該是屬於他的。沒想到，小雅竟然拒絕了，無論劉浩軒怎麼央求，小雅總是用各種理由推辭。這讓劉浩軒頓時怒火中燒，小雅不僅和那個男的一塊出去吃飯，還陪那個男的上床，而自己呢，只是要求兩人出去吃頓飯，居然都得不到同意。自己到底哪裡比不上那個傢伙？他現在雄踞粉絲榜榜首，平日裡又對她噓寒問暖，難道這麼盡心盡力的，還比不上那個男的嗎？

終於，他發狂了。這天勉強忍耐到夜深時分小雅直播結束以後，他衝出了家門，騎著電動車朝著出租屋飛馳而去。

45

陪著榜二大哥玩了幾天，那傢伙總算是因為工作的事情匆匆回去了，小雅也鬆了一口氣。沒想到當天下午就傳出了不好的消息，說是這個榜二大哥原來只是個公司會計，並非他平日裡吹噓的什麼富二代，為了給她打賞沖榜，竟然挪用了公司資金做假帳，就在兩人約會的最後一天，東窗事發了。那傢伙趕緊逃之夭夭了。

現在，榜二這傢伙就職的公司，和他的老婆，都聯繫了小雅，要她退還巨額打賞。她從來沒有經歷過這種事，不禁有些心煩意亂。可偏偏這個時候，榜一大哥還拚命約她出去吃飯，她現在哪有這個心情啊？再說了，這個傢伙平日的言行總有點像變態，還是不要見面的好。小雅索性關了手機，將這一切煩心事都拋之腦後。

這天小雅結束直播，有點心力憔悴的她很快就睡了過去。迷迷糊糊的，忽然感到有什麼熱呼呼的沉重物體爬到了身上。她猛然睜開了眼睛，壓在自己身上的居然是一個男人，他那張猙獰的臉龐距離小雅是那樣地近，嘴裡發出一股臭氣，在自己的臉蛋上胡亂親吻著。

小雅驚聲尖叫，奮力掙扎。

「小雅我愛你，我愛你！妳看看我是誰呀，我天天給妳刷禮物，妳應該認識我的呀，今天我來和妳約會來了。我要和妳玩，我要和妳上床，我要妳叫我爸爸！」

「救命啊，救命啊！」小雅再一次尖叫了起來，忽然不知道哪來的一股力氣，一腳把對方蹬到了床下。

她慌忙爬起來開了床頭燈。燈光一亮，她看到了這個男人的臉，來人很年輕卻也很陌生。就在這時，這個男人又朝著她撲了上來，小雅再一次發出了尖叫。

男人龐大的身軀將她牢牢地壓在身下，一雙手臂幾乎箍得她喘不過氣來。小雅閉上眼睛，發出了絕望的喊叫。

忽然，男人頭一歪，趴在她的身上不再動彈。

小雅氣喘吁吁地撐開他的腦袋，隨即看到了站在床尾，只穿了一條內褲的謝文峰。他的手裡拿著一根拖把。

「妳沒事吧？小雅。」

46

小吳三人第二天一大早來到天地壇出租屋，卻發現房門緊鎖，沒人在家。這倒是有些奇怪，就算謝文峰出去上班了，小雅通常都在的呀。

小吳再次試著撥通了小雅的電話，沒想到接電話的居然是謝文峰。

「小雅受了點刺激，現在住院了，我在這裡陪著她。」

「哦，出什麼事了？」

謝文峰便將昨天半夜有人潛入屋子，對小雅進行了侵犯的事，一五一十說了出來。

「小雅現在怎麼樣？」

「她人還好，就是情緒有點不太穩定，我們已經報警了。那個傢伙已經被派出所給抓走了。」

小吳馬上聯繫了派出所，才知道原來是房東太太的兒子，一個叫劉浩軒的傢伙，居然一開始就在房間裡裝了監視，這些天來一直監視著租客的動向，昨晚對小雅起了色心，半夜闖入房中打算實施侵犯，幸好被聽到呼救的謝文峰趕來，制服了對方。小雅受了點驚嚇，現在在醫院，由謝文峰陪著。

得到這個消息後，三人不由得面面相覷，這可真是太巧了，他們本要檢查房間內有無張凱軍設下的監視探頭，沒想到另外一個人卻提前落網了。

整個房間內的監視設備已經被接獲報案的派出所民警給拆掉了，小吳不死心，又認真檢查了一遍，並沒有多餘的收穫。他馬上聯繫了本地派出所，得知在整個屋子中只找到了一種監視設備，全都連接在劉浩軒的電腦和手機上，沒有發現第二種監視設備。

難道說果然如閆一菲擔心的那樣，張凱軍已經提前拆除了監視探頭？

不過，現在有了劉浩軒的監視錄影，也是一大成果。

接下來，自然要去見見張凱軍的。他帶著趙漸和閆一菲立刻去到了派出所，先詢問了張凱軍被人打傷的情況。

原來，派出所幾天前接到報警，在天地壇社區某單元樓樓道內，大清早發現了一名暈倒的男子，身分不明，經調查，此人並不屬於樓內住戶。他的手機不見了，身分證還在，顯示這個人就叫張凱軍。長得也和小吳提供的照片一模一樣。

「他現在怎麼樣了？」

「似乎是半夜後腦勺遭到了重擊。被我們送到了醫院。現在一直沒有意識，處於昏迷的狀態。」

「還在昏迷嗎？這個有點難辦了。」小吳很意外，只希望對方能夠儘快醒來。

「誰把他打暈的，我們還沒有查出結果，暫時也聯繫不上他的家人。既然你們認識他，這倒好了。」那民警說道。

先把張凱軍的事擱到一邊，小吳說明情況後，大家一起調看了閆小平出事前一天劉浩軒錄下的監視畫面。還好，此人這段時間的偷拍錄影，都有保存在電腦上。

可是，最後觀看的結果卻有些出乎意料，為閆小平死亡的真相帶來了新的疑難。監視畫面顯示，閆小平出事那天並沒有任何人去過他的房間，不但前一天，前兩天，也沒有人進入過閆小平的房間，包括張凱軍，也包括小雅和謝文峰。這讓趙漸認為兇手提前把某種形態的一氧化碳藏到閆小平房屋當中的推理落空了，兇手設下的詭計，似乎還要超出他們的想像。

不過其他幾點都得到了驗證。就像趙漸推測的那樣，那些木炭是閆小平當天下午直接用鐵盆端回房間的。他並沒有點燃過任何木炭。晚上九點多鐘，他去了一趟浴室，回房後用膠帶把門窗封好了，便上床睡下了。

可是這一睡，便沒有再醒來。

閆一菲望著父親生前最後的畫面，不知不覺眼淚落了下來。

五天前下午的一段監視錄影是空白，據劉浩軒交待，那天停電了幾個小時。小吳隨即聯繫了小雅，她證實那天張凱軍假扮的電工又來過，可是並沒能成功進入閆小平的房間，因為房東太太遵照民警的囑咐，沒有開門。

對於閆小平出事，劉浩軒說他是到了第二天白天發現閆小平一直沒有起床，才意識到事情有點不對勁的，但他害怕安裝攝影機的事被人發現，所以也沒敢報警。小吳等人發現閆小平的屍體後，劉浩軒還以為他是犯了什麼病猝死了。可後來卻聽母親說，閆小平是燒炭自殺的。他雖然覺得這個結論有問題，可是也沒敢聲張。

趙漸建議：「再看看最近幾天的監視畫面，不論白天黑夜。」既然房間內沒有找到張凱軍設下的監視設備，他懷疑張凱軍冒充電工沒有得手以後，可能會想方設法半夜潛入房間，拿走設備。

事實證明了這一點，就在四天前，也就是張凱軍冒充電工未能達到目的第二天深夜，一個黑影進入客廳，隨後嘗試開鎖，終於成功走進閆小平的房間，靠著手機照明燈，從牆壁插座裡卸下了一套疑似監視器的設備。室內光線暗弱，此人又以連衫帽遮頭，無法看到面容。約十分鐘後，他從容離開了。小雅和謝文峰都沒有發現出租屋入戶門鎖有被破壞的痕跡，很可能來人使用了開鎖工具。

以前小吳瞭解過的，張凱軍也正是這天下午從麗晶酒店離開的，黑影是深夜潛入房間的，雖然監視畫面上幾乎看不清來人的長相，但上衣極為相似，身材也像，所以有極大可能這人就是張凱軍。

其實這就基本上全部聯繫起來了。張凱軍摸黑走出出租屋後，又在樓道中不知被什麼人打暈了。

接下來，小吳拜託一位懂技術的民警，最終確認了閆小平的手機果然被置入了定位軟體，只不過在資料夾內層層隱藏，普通人還真的發現不了。張凱軍和閆小平是認識的，平日裡總有機會拿到他的手機，是以不知不覺地給對方手機安裝了木馬程式。

47

趙漸要求再次查看監視錄影。他讓小吳先快進到出事當天下午六點左右的那個時間段。當時，閆小平剛剛從外面回來。

他推著自行車進了臥室裡，可以很清楚的看到在自行車後的車籃裡有一個花盆，這時候花盆裡的花已經不在了，只有一段根部露出。接著，閆小平將花盆拿出來放在了窗臺上。從閆小平的神態來看，他似乎早已經知道花盆中的花不在了，所以並沒有表現出任何的驚訝。這個時候可以明顯看到，在地板上靠牆位置放著一個鐵盆，鐵盆裡黑乎乎的東西應該就是木炭灰。

閆小平先拿起熱水壺，燒了一壺水喝。隨後又抽了根煙。接下來他從床頭櫃裡取出了一個垃圾袋，走到鐵盆前，抓了兩把木炭灰塞進袋子裡。隨即從臥室走了出去。

小吳連忙切換到了客廳的監視錄影，卻見閆小平穿過客廳，徑直去了浴室。浴室裡也是有攝影機的，不得不感嘆劉浩軒的惡趣味呀。小吳打開浴室的錄影畫面，卻見閆小平將浴室的房門反鎖以後，先是彎腰觀察了洗手台下方的支撐柱，應該是發現了支撐柱和支撐柱後面牆壁上的汙漬。這些犄角旮旯裡時間久了，難免都會存下灰塵油漬的。

果然，隨即閆小平便拿起放在洗手臺上的一卷鋼絲球，用水浸濕以後，蘸上了垃圾袋裡的木炭灰，對著支撐柱用力搓洗起來。

他的清理工作十分認真，搓洗一遍後，便用抹布抹去水漬和炭灰，再反覆檢查有沒有髒物殘留。大約半個小時，閆小平完成了浴室的清潔工作。據說閆小平每天都打掃衛生的，今天忽然起意清潔這些犄角旮旯，大概也是聽小雅說房間有蟑螂了，所以想將衛生打掃得更加徹底。

隨後，閆小平離開客廳又去了廚房，幾乎也是同樣的清潔流程。從外面上班回來的謝文峰站在廚房門口和閆小平打了一個招呼，問他要不要幫忙。閆小平笑著說不用了。謝文峰也就轉身回到了自己的臥室。

繼續往下看，閆小平在晚上七點多鐘的時候又返回了臥室，順手把門給關上了。他又抽了根煙，然後走到窗臺前看了看那盆花，大概是遺憾花枝不在了，所以有些不滿意地搖了搖頭。

隨後他便靠坐在床頭，拿出手機看起了短影片。其間除了起身倒水和去外面上廁所以外，再沒有幹過什麼別的事。直到了九點多，他去了一趟浴室，回去後先拉上了窗簾，又從床頭櫃抽屜裡拿出了一卷膠帶，開始黏貼門縫。確認縫隙全都黏好以後，便關燈睡覺去了。

「奇怪，沒見他把窗戶上的縫隙給黏起來呀。」小吳道。

「不奇怪。」趙漸道，「我想他在睡前把門窗縫隙黏起來的習慣，應該不是一天兩天的事兒了。窗戶上的縫隙，或許一兩天前就已經用膠帶黏上了，因為覺得也沒有開窗戶的必要，所以呢，就一直沒有把膠帶撕下來。但是每天早上要出去的話，必須要開門，所以也只能每天早上把門上的膠帶撕下來，晚上睡的時候再黏上。」

「有道理。」馬上回看前幾天的錄影，證實閆小平是在出事前三天開始有黏膠帶這個習慣的。那自然是聽有人說了樓上一位老太太家中滋生蟑螂的事情，才有了這個念頭。

閆小平入睡後，房間便陷入黑暗之中。可以想見那時整個城市依然燈火燦爛。可是透過黑色的窗簾，照進房間中的光線卻非常有限，所以錄影畫面也只能隱隱約約看到閆小平整個人躺在床上蓋著被子的輪廓。

閆小平起先還有幾個翻身動作，最後便不再動彈。

「我們再看看大叔出事前那天早上起床以後的畫面。對，不是中毒後，是睡覺前的那個早上。」

閆小平早上七點便起來了，洗漱完畢後，推著自行車出門，過了中午才回來。回來以後去浴室沖了個澡，整個人狀態看來很好。趙漸推斷，大叔很可能不知道去哪裡騎行去了，出了一身汗，回來才會洗澡。大叔午睡了一會兒，下午將自己的臥室，還有客廳都打掃了一遍。客廳角落裡靠近小雅的臥房門口，放著一個黑色垃圾袋。大叔收拾完衛生以後，便拎著垃圾袋和自己臥房裡的一包垃圾，下樓去了，約五分鐘後他回來了，手中還拎著垃圾袋，顯然就是剛剛放在小雅臥房門口的那袋垃圾。接著他走進臥室，把一個鐵盆從床底下拖了出來，然後把垃圾袋中的物事倒了出來，果然就是那些木炭灰。

這證實了趙漸的推斷，大叔下樓扔垃圾時發現了小雅垃圾袋裡裝的是木炭灰，想到可做他用，便又拿回了家。

如此以來，大叔果然不是燒炭自殺的。記得警方對大叔屍檢時，在他的鼻腔和呼吸道也發現了少量的炭灰，自然是因為大叔用木炭灰清潔汙漬時，不小心吸入的。

接下來，大叔在臥房裡休息了半個小時，便又出去了。從時間上來看，小吳和趙漸知道，他是去了一家花市買花。回來時差不多六點了，這和先前看的監視影片便接上了。

前幾天的監視也沒有發現異常，大叔的作息時間很規律，都是上午出去騎行，中午洗澡，下午收拾衛生。

不過有一點還是引起了趙漸的注意。大叔前段時間基本上都是十點左右才上床睡覺，唯獨出事那天九點就躺下了。

趙漸閉目沉思了幾分鐘，忽然說道：「看來咱們要去調看一下另外一個地方的監視錄影了。」

「什麼地方？」

「花市門口。」

挑戰書2

親愛的讀者朋友們，閆小平密室中毒的線索已經全部給出，如果大家也像書中的偵探一樣，在上一次挑戰中受到挫折，現在可以再次進行挑戰。

48

監視畫面清楚的顯示，在花市門口的自行車停車區域，一排共用單車中間夾著一輛山地自行車。這是五分鐘之前閆小平停在這裡的。隨即他便步行走進了花市。

又過了五分鐘後，一位用風衣帽子遮住腦袋的男子出現在了停車區域旁。看他的身形，有點像張凱軍。他左顧右盼地觀望片刻，忽然蹲下去，手摸到了閆小平自行車的輪胎上。不，將監視畫面放大了看，這個人並不是在單純地摸輪胎，而是擰開了輪胎上的氣嘴，似乎是在放氣。

緊接著此人又從懷裡取出一隻大約有一尺長的壓縮鋼瓶，將鋼瓶上的軟管另一頭連在了輪胎的氣嘴上，開始注入氣體。前後輪胎都是同樣的操作。

最後此人收起鋼瓶，用一根大頭釘一樣的東西，在前後兩個輪胎上各戳了一次。隨即匆匆離開了。

「我一直在想，如果兇手始終沒有去過大叔的房間，那麼便說明一氧化碳氣體是大叔自己無意中帶進房中的。所以我才又認認真真、仔仔細細地觀看了當天出租屋中大叔的一切行為。這樣的話，答案就已經顯而易見了。大叔房間內能夠盛放氣體的物品有哪些呢？只有這輛自行車輪胎。一氧化碳和空氣的密度差不多，所以注入輪胎以後並不影響騎行的感覺。兇手注入氣體以後，用針頭輕輕一戳，便造成了輪胎出現了慢跑氣的症狀。相信兇手謀劃以前，很可能用自家的自行車做過多次試驗。大叔買了花，騎著自行車便又回到了出租屋。由於是慢跑氣，所以此時一氧化碳氣體洩漏的並不太多，大部分還在輪胎之中。從出租屋的監視可以看到，大叔回房以後，除了去外面上廁所，基本上就再沒有離開臥室了。由於是合租的狀態，為了保護隱私，大家也習慣性地把臥室的房門關起來，大叔也不例外，他一回到臥室便關上了房門，喝了點水，接下來躺在床上玩起了手機。此時輪胎中那無味無色的一氧化碳正在緩慢的釋放著，大叔渾然不覺。由於窗縫前兩天就已經黏上了膠帶，又關著房門，這樣一來就導致整個房間的透氣特別不好。在這幾個小時中，大叔已經不知不覺地吸入了不少的一氧化碳，並且身體感到了一點點的不太舒服。這也就解釋了，為什麼大叔前一段時間都是晚上十點才睡的，而那天九點鐘就早早地躺下了。隨著整整一夜一氧化碳全部釋放，而大叔也中毒身亡了。你們當時檢查現場，沒有發現自行車沒氣了嗎？」趙漸問。

小吳道：「那時候大家都認為大叔是燒炭自殺了，誰會去在乎那輛自行車有氣沒氣呢？」小吳因為自己的失誤而不住地搖頭。

閆一菲喪氣地道：「父親的自行車托運回去以後，我至今也還沒有騎過。這種山地自行車的輪胎很硬的，就算沒氣了也不會癟得很厲害，肉眼有時候也很難發現。」

小吳不由得感嘆，張凱軍為了殺人，真是苦心孤詣，也難為他因地制宜，製造了這個天時地利人和的詭計。此人一直在監視著閆小平，關注著他的一舉一動，利用閆小平的生活習慣，和出租屋中的現成道具，隨機應變，完成這樣的一個詭計，也可謂頭腦聰明，反應迅速。

「這樣說來，張凱軍為了讓房中的木炭灰能夠有一部分殘留下來，所以剪斷了大叔花盆上的花枝。花枝一斷，大叔自然不會用剩下的木炭灰去施肥了。當時大叔買了花便放在了車籃裡，車籃是在後面車座上的，並不能時時觀察到，張凱軍尾隨在後，趁他騎行時不注意剪掉花枝完全有可能。」

如今的張凱軍還在醫院昏迷著，短時間內醒來的幾率似乎不太高。到底誰把他打暈的，一時也沒頭緒。

只盼他能夠早點醒來吧，他和閆小平之間發生的那些事情，是否像小吳推測的一樣，還需要此人親口證實。

不過張凱軍通過網路購買壓縮一氧化碳氣體的記錄，已經得到了證實。在他的身上也發現了一套開鎖工具和一套監視設備。

張凱軍的手機也找到了，是被一位清潔阿姨在垃圾桶裡發現以後交到了派出所。手機當時摔壞，現在已經修復好了。在手機上發現了監視軟體以及定位軟體。

張凱軍手機中並沒有保存每日監視的影片，只在他的手機備忘錄中發現了五篇監視日記。

最後一篇是這樣寫的：

監視日記（五）

我為什麼要對閆小平進行監視呢?當然是因為他是我的一名病人。他是一名抑鬱症患者卻不自知，而且也不當回事。作為初中同學，我當然有義務幫助他。他出外旅遊轉換心情我是贊同的，同時也有些擔心，擔心他哪天抑鬱症發作，做出一些不利於自身的行為。抑鬱症是相當可怕的，會讓好多人毫無來由的產生厭世情緒。

不幸被我言中了。他還是自殺了，由於我的疏忽，還是沒有來得及救他。這件事我可能會懊悔一輩子的。

「張凱軍這人是在胡說八道嘛。」小吳道。其他的幾篇日記除了記錄了閆小平在監視狀態下的生活，也特意強調了閆小平點燃木炭自殺的情節，這顯然是無稽之談，和劉浩軒監視畫面實際拍到的完全不符。

趙漸笑道：「這當然是他留下的一個後招，你想想，站在他的立場來考慮，假如當時民警調查大叔自殺事件，第一時間就發現了房間內有監視探頭存在的話，那麼很快就會找到張凱軍。這一點他不得不防。所以呢，他才準備了這個監視日記，以備不時之需，希望可以來糊弄糊弄咱們。要知道他為了不留下證據，肯定不會儲存監視內容的，只好寫個假的監視日記了。而且字裡行間不斷強調閆小平有抑鬱症，顯然也是為了迷惑咱們，來強化閆小平的自殺傾向。可是他無論如何也沒有想到，除了他以外，居然還有人也在房間裡安裝了監視器吧，並且還保存了錄影。這就讓他現在的這幾篇日記，看起來是那樣的虛假可笑。」

小吳嘆道：「到底該怎麼評價這個人呢？為了舉報工廠污染，讓村民們有一個寧靜的生活，張凱軍一開始出發點也是好的，最後卻選擇了這樣極端的方式。現在呢，眼看陰謀要敗露了，又費盡心機地殺死了自己的這個同謀者。希望他能夠快點醒來吧。」

49

小吳他們三人的工作還未完成。當天下午他們便決定乘坐火車趕往B市。這是閆小平生前待過的另外一座城市。

眼見為實，趙漸打算親眼看看閆小平在這座城市改裝過的出租屋。

到達B市時，天色已晚，三人無奈先找賓館住下了。第二天一早小吳和趙漸醒來，卻收到了閆一菲的微信。微信中言道，由於她得到消息，她的母親身體突然不舒服，所以她連夜趕回去了。不能和大家繼續調查父親的事情，十分抱歉。

「她買了半夜的火車票就回去了嗎？」趙漸略感驚異。

小吳有些擔心，道：「希望她母親沒什麼大問題。」

兩人接下來去到了閆小平的出租屋。這間出租屋和A市的出租屋略有不同，A市的出租屋是呈正方形的，而這間臥室卻是長方形。趙漸拿出卷尺，實地進行了測量，發現這一間房子的面積要比A市的大上一圈。而地上鋪的瓷磚也要比A市的大上一圈。A市出租屋使用的是

200mm×200mm的瓷磚，這間房子是250mm×250mm的瓷磚。

牆角的柱子和A市一樣，都是正方形的，非常粗，雖然也被小吳拆過了，但底座也還在，分毫不差的占了七塊瓷磚的面積。只不過A市的三根柱子幾乎都是緊貼三個房間的角落，分列西北東北（也就是房門對面左右兩個角落）和西南（房門左邊的角落）三個方位。眼前的這間屋子和A市的出租房朝向是一致的，不過三根柱子的擺佈卻有些差異。西北東北（房門對面左右兩個角落）的柱子是緊靠牆邊的，但是西南（房門左邊的角落）的這一根柱子並沒有緊貼角落，而是前移了大約有個半公尺左右。趙漸以西北角的那根柱子為目標，分別測量了其他兩個柱子和它之間的距離，發現是一樣的。

趙漸馬上就理解了閆小平的用意，由於這一間臥室呈長方形，他將這一根柱子向上提的目的，是為了保持被三根柱子圍起來的面積呈顯一個正方形。

趙漸又數了數被這三根柱子包圍起來的瓷磚數量，算上被柱子壓在下面的瓷磚，每一橫排和每一豎排都是十五塊瓷磚，相乘的話就是二二五塊。這和A市出租屋裡的瓷磚數量也是相同的。

「吳警官，你比較一下。兩處出租屋中瓷磚深淺色調排布上有沒有變化？」

小吳調出手機中保存的照片，認真比較起來。

「淺，深，深，淺，淺，淺……」

大約耗費了十分鐘吧，總算是對比完成了。

「是的，完全一樣的。」小吳道，「兩間出租屋裡鋪的這個瓷磚呀，都非常有規律。我剛剛這麼一數，卻得到了一個靈感。這玩意兒不會是什麼二進位吧，比如說把淺用0來表示，把深用1來表示。」

「嗯，你這個思路不錯。」

「那我可要試試了，如果能夠成功轉換過來，這很可能是一串密碼吧。」小吳有些懊惱自己當初完全沒留意到這瓷磚顏色暗含的資訊，此時在趙漸的引導下發現端倪，卻也為時不晚，信心十足地說道，「咱們找個地方把我拍下的圖片列印出來。」

兩人列印完畢，先回到了賓館。小吳將那張瓷磚列印圖交到趙漸手裡，拿出了隨身攜帶的記事本。

「你念，我來記錄和轉換，先把深淺顏色轉換成0和1。再轉成十進位。」

「好。」趙漸接過這張圖，看了一眼之後，忽然怔住了。

「怎麼？發什麼呆呀？」見趙漸好半天沒有行動，小吳有點不解。

趙漸忽然哈哈大笑了起來。

「我真是太傻了，而且也太相信眼見為實了。我總是習慣於實地考察。以前你們拍下的照片我從來沒看過，這真是一個大大的失誤。」

「這照片怎麼了？」

趙漸把列印圖湊到小吳跟前。

「你看不出來嗎？」

「看、看什麼？」

「好好看看，真看不出來？」

小吳橫看豎看了半天，道：「我是看不出來呀，看什麼呢？快不要賣關子了。」

「不需要轉二進位了，我想我已經知道該如何破解閆大叔的死前留言了。」

挑戰書3

親愛的朋友，破解閆小平死亡留言方法是什麼。大家可以試著給出答案。

50

趙漸去賓館前臺借了一把直尺。回房間後，拿過小吳的記事本，展開一處空白頁，比著尺子畫了一個邊長15公分的正方形，接著在正方形中以1公分為單位，橫豎各畫了14條直線。這樣在大正方形中就出現了許多的小方塊。

趙漸向著小吳笑道：「接下來的工作就由你來完成吧。每一個小方塊代表著一塊瓷磚，你把深色瓷磚在方塊中塗上顏色，淺色的留下空白不用管。」

「沒問題，願意效勞！」小吳已經迫不及待的想要知道閆小平留下的祕密是什麼了。讓他親自動手，求之不得。

由於小吳用的是一隻黑色的碳素筆，所以深色瓷磚的位置在方格子內都被塗成了黑色。塗著塗著，黑白相間的畫面便浮現在了小吳眼前。只塗了一半多，他似乎已經明白了。

「竟然、竟然是這樣的！」

趙漸笑道：「一屋不掃，何以掃天下。其實閆大叔早就告訴我們答案了。」

小吳一鼓作氣塗完了剩餘的方塊，最後又將那三根水泥柱子以一個大大的套圈的黑色方塊覆蓋了下面的7乘7的小方塊。

「大功告成。」小吳長出了一口氣。

出現在他們面前的，竟然是一隻巨大的QR Code。

「原來，這就是大叔留下的資訊！看著我拍下的照片，我真還看不出來。我的這個聯想能力呀，實在是有點不足。是啊，大叔也早就提醒過我們了，一屋不掃何以掃天下！現在誰出門，不拿個手機時不時地掃一掃呢！」小吳心情激動，他迫不及待的打開微信，掃向這個QR Code。

隨著「嘀」的一聲，QR Code馬上跳轉到了一個頁面，出現了一段話：神池登山步道拐彎的地方，白縣令大石頭背後的石縫裡。

這是一句完全符合閆小平身分的大白話。

小吳是知道這個地方的。這是他們縣城的一條登山步道。閆大叔留下這段話，大概是說在白縣令大石頭背後藏著什麼東西吧。這塊大石位於登山步道的一個拐彎處，是為了紀念古代的一位愛民如子的縣令所設下的，石頭上刻著這位白縣令的一首詩。

「趙漸，我知道這個地方，就在我們縣，咱們趕緊買票回去！」

兩人精神大振，說走就走。一路無事。下了火車之後直奔這個神池登山步道。

剛開始的幾公里並不算陡峭，好多人都是騎著自行車上去。趙漸和小吳步行前往，不多時便到了閆小平提到的白縣令石頭前。

這塊大石頭大約有半人高，埋在草叢裡，正面有一首鏤刻上去的五言絕句。

「大叔那段時間愛上了騎行，這些步道他應該是走慣了，所以才會把一些東西順便藏在這裡吧。石頭的背面……」小吳說著，雙手扶著石頭，慢慢向背面挪過去。

「你小心點。」趙漸道。原來這登山步道下面是一條深溝，而這一塊大石頭就埋在溝邊上。如果爬到背面，一個不小心很容易摔下去。閆小平大概也是考慮到沒有人會冒險爬到背面去，才放心地把什麼東西藏在了石縫中。

小吳到了背面，蹲下去摸索了半天。那塊大石頭有點呈現橢圓形，所以和地面之間有很大的縫隙，當然縫隙此時都被亂草給遮住了。

小吳又搜尋了片刻，廢然道：「什麼也沒有找見。」

「是嗎？」趙漸也小心翼翼地爬了過去，撥開亂草查看了一番，的確什麼也沒有。

兩人回到路面上，小吳有點兒擔心：「不會是被哪個路人給撿走了吧？」

趙漸搖了搖頭。

「大概不會。誰會沒事兒爬到這麼危險的後面去亂翻呢。」

「是啊，誰會沒事爬到這兒呢？」小吳有些沮喪的重複了一句。他不禁在想，大叔留下那段話的意思，會不會並不是指這裡藏了什麼東西呢？他們判斷錯了？

遠方。

「不，有一個人可能來過這裡。這個人先咱們一步發現了大叔留下的祕密。」趙漸眼望著

「誰？先咱們一步？」小吳眉頭微蹙，忽然明白過來，「你是說昨天深夜離開的閆一菲嗎？她也破解了大叔的遺言？」

趙漸嘆道：「在那個出租屋裡，我曾經對她說過，她有機會率先猜出大叔的遺言。想不到真的應驗了。畢竟是父女，心靈相通啊。」

51

先對女兒說幾句話。我不是一個好父親。

算了，就說這一句吧。

如果有一天我死了，那我一定是被別人害死的。是被火燒死了，還是中毒了，還是被人背後捅了黑刀，我應該想像不到。總之我總是很擔心我有一天會遇害，所以呢，我現在就寫下這封信。我是特別希望這封信永遠不要被人發現，因為如果被人發現了，那代表著我已經死了。

我當然是不想死的，可是昨天晚上發生的那一場火災，讓我徹底地明白了，只有死人才能夠保守祕密，只有我死了，那傢伙才會覺得安全。

那傢伙做事總是這麼周密，連死去的人都不放過，我這個活著的人他怎麼可能放過呢？可惜我早沒有想到這一點，只是呢，我命大，昨天晚上逃過了一劫。昨天的大火沒把我燒死，但指不定下一次他要用什麼別的辦法把我給害死了。我知道，就是他害我的，不管是他自己動的手，還是他又雇了什麼人動手，總之，我現在的處境已經特別的危險了。

我也想明白了，這就是魚死網破嘛。只要我活著一天，我就會永遠的把這個祕密保守下去。如果我死了，那麼我就把這個祕密暴露出來，讓他也不能落了好。

發生在去年六月份的工廠中毒事件，是我和縣人民醫院的張凱軍一起造成的，當然主要是張凱軍負責策劃的。是我把一種叫做鉻合鎘的白色粉末放在了郭升平等幾個工友每天喝水的水壺裡，每天只放那麼一小點點。鉻合鎘是張凱軍交給我的，每天放置多少量也是他教給我的。接著大家中毒以後，張凱軍再為大家做出錯誤的診斷，把這件事賴在工廠頭上，賴在工廠的老闆伍德祖頭上。

我們為什麼要這麼做？我是為了錢，張凱軍說他是為了全村人的利益（他說得很高大上，但是我不太相信。不過他和伍德祖有沒有什麼私人恩怨，我也不太清楚）。

去年女兒出了車禍，手術需要很多錢。可是我沒有什麼錢，甚至外頭還欠了一些債。為了救我的女兒，我向很多人去借錢，真的很多很多人，連那種只見過幾面剛剛認識的人我也硬著頭皮去借了，更不用說那早就認識的人了，總而言之呢，一分錢也借不到。

我又向張凱軍借錢。他是我的初中同學，其實關係也一般，因為好像是兩個階層的人，人家有知識有文化，在醫院上班，而我呢初中念完就出來了，也沒什麼正經的收入。可是我剛剛為什麼說了一個「又」呢？這表示我以前已經向張凱軍借過錢。那是去年一月份快要過春節的時候，我欠了很多的外債，要帳的都已經堵上門來了。其中有一個傢伙最可怕，說是如果再不還錢，他就找人把我的手給剁了。那我怎麼辦?只有再去借錢,用借的錢去還錢。於是我就找到了張凱軍。看他的樣子剛開始呢也不肯借我,可是後來聽說了我在那家工廠上班以後,他的態度忽然變了。他說借給我錢可以,但是呢要我答應他一個條件,或者說呢,幫他一個忙。我說只要不是殺人放火,什麼忙也能幫。他說當然不是殺人放火還是好事兒呢。我說什麼事。他說那家工廠就建在了他老家附近,對村子造成了很嚴重的污染。我打算去告他們,現在缺乏證據,所以我想讓你幫我收集證據。你既然在這個工廠裡上班,那肯定很便利。我一聽覺得這事倒是也簡單,就問他具體該怎麼做。他告訴了我,主要也就三方面吧,第一是把工廠的工作流程都給拍下來,最重要的要把工廠排汙的情況給拍下來。第二是把工廠的機器、設備,工廠使用的各種原材料都拍下來,並且呢,偷偷把一些原材料帶出來交給他,第三呢是偷公司的一些文件。我聽完以後覺得前兩項比較好辦,第三件有點困難,但是,為了錢我也可以去試一試,只要小心點應該也可以。

張凱軍先給了我三萬塊錢,告訴我,如果我接下來幾個月的行動有進展的話他可以再給我三萬。就這樣我們達成了第一次合作,最後的一段時間,我除了沒偷到什麼有用的文件以外,其他兩條都按照他說的一一去執行了。他有沒有拿著那些材料去舉報,或者說我給的這東西有沒有效果,我也不去管他。反正我只拿錢,而且一拿到錢我馬上就還了債,還是一無所有。

隨後就是我又一次去找他借錢了。他對我的遭遇很同情,可是也表示沒有錢借我了,因為他也不是什麼富豪。他像是考慮了一會兒說,不過呢,只要你肯幫我的忙,那麼你還能夠賺到一大筆錢。我一聽他又要幫忙，心想不會還是讓我再去拍工廠照片什麼的吧？

我問他，他說差不多就是這麼個事兒。但是呢，上一次我拜託你的任務不是太成功。我連忙說，我可是都按你的要求辦了，不成功也不能賴我。他說當然不賴我，其實我提供的那些照片，尤其是污水亂排亂放的畫面還是有價值的。張凱軍當時就去找有關部門舉報了，可是呢，後來就沒有什麼消息，對人家工廠沒有一點作用。張凱軍告訴我，他後來才知道原來工廠的老闆伍德祖有個姨夫在環保局擔任著很大的官，有這個傢伙罩著，再舉報也是白搭。我聽他這麼說卻一點不感到意外。我當然早就猜到了，人家敢開這麼大的廠子，肯定是關係戶，後臺很硬的，張凱軍他們這些知識分子呀，就是這麼天真，啥也不懂，一看就是沒什麼社會經驗。我有點幸災樂禍地說，咱們不能放棄呀，接著舉報。

張凱軍就說他現在有更好的辦法了，還得要我幫忙。隨後他把他的計畫一五一十地跟我說了。原來，因為我不是一直都幫他從工廠裡偷一些原材料樣本出來嗎，他最近化驗以後發現呀，其中有一款我們常用的膠水裡頭好像有一種叫什麼四氯乙烷的有毒物質。這種物質長期接觸的話，對我們身體是有害的。不過，要反映在身體上，就是說讓身體出現中毒的症狀呢，起碼也得個一年半載的。他也從我這裡瞭解到了，這種膠水，是工廠這次才剛剛進回來的，以前用的膠水中四氯乙烷不是太超標，達不到讓人中毒的效果。

我告訴過他，這種毒物超標的膠水只是臨時用來救急的，下個月，又會換回原來的膠水了。

張凱軍知道事情不等人，必須在這一個有毒的膠水上做文章。所以他準備搞出一件大事件來，那就是讓工廠裡許多的工人集體中毒。事情鬧大了，社會輿論一來，那誰也壓不住了，他姨夫也不行。

有了這個思路以後呢，張凱軍就叫我去下毒，讓在一個車間裡經常接觸這個膠水的那幾位工友加速中毒。用的方法，就是我開頭時候說過的，在我們車間大家喝水的壺裡下毒。

我有點兒擔心，說不會死人吧。他說不會死人，只是身體會出現一些症狀，以後住院治療慢慢就好了。

我一想也是這個道理。不過我又說我也和他們一塊兒工作的，可是我可不想吃那什麼鉻合鎘。張凱軍說你不用吃，過一段時間你就假裝你身體不舒服了，然後來找我診斷就行了，醫院看病就掛我的號。我給你開個假的診斷證明就行了。

那我們就這樣說定了，計畫進展得很順利。其他幾個工友身體不舒服以後打算就醫，也是我攛掇著他們，讓他來找張凱軍進行診斷。我想你們也知道吧，咱們國家呢就是個人情社會，不管是辦什麼事情，只要是能走關係的就走關係，去醫院看病尤其是這樣，你要是在醫院能有個認識的人，那就能方便不少。我說我和張凱軍是初中同學，關係還不錯，去找他看病很方便，那其他工友這麼一聽自然也非常樂意了。

就這樣我們狠狠地訛了伍德祖一大筆錢。事情進展得這麼順利，我還是有點不太敢相信。

張凱軍告訴我，一是他斷定伍德祖對這些毒理知識不是太清楚，而且使用的那批膠水呢，也的確是有毒物質超標的，再加上他平常呢就做賊心虛，工廠排污水禍害老百姓，對員工們不加防護，他都是心知肚明的，他賺的就是黑心錢，一旦工廠或者工人出了事，他肯定也認為是他自己的問題。第二個原因就是因為伍德祖老姨夫的關係。他的老姨夫是環保部門的重要人物，一直罩著他，現在員工出了事，如果他還死賴著不肯認帳，這些員工真的鬧起來，被新聞媒體知道了，社會上輿論一發酵，那麼不僅他的工廠辦不下去，甚至還會牽連到他的老姨夫。也就是出於這種壓力，他只好速戰速決，和我們幾個呀私下裡簽了賠償協議，給我們一筆錢，封住我們的嘴巴，叫我們幾個中毒的員工，事後都靜悄悄地不要聲張。這就叫做成也他老姨夫，敗也他老姨夫。

這件事情呢本來進行得確實可以算得上完美，我呀，錢也拿到了。美中不足的是有一個員工在住院期間心肌梗塞死掉了，而且呢，其他的幾個員工還都留下了後遺症。這可和張凱軍一開始告訴我的有點不一樣。

我就知道這傢伙沒安好心，故意向我隱瞞了的。雖然我的良心上也不太好受，可是既然已經做了，那還能怎麼樣呢？人呀還是不要想太多，想太多自己就不快樂，我後來總是這樣常常安慰自己。

有一天呢，張凱軍又來找我了。他告訴我說得到消息，伍德祖的老姨夫被有關部門給調查了。我說這是好事兒呀。張凱軍這時候呢，卻有點擔心，說現在情況可能不一樣了，他老姨夫進去了，那接下來工廠中毒的事情以後很可能被人重新提起來，如果重新調查的話，我擔心被人看出疑點。到時候出了事咱們都得坐牢。

他告訴了我原理，原來心肌梗塞死掉的那個工友的身體骨頭裡可能有我下毒的毒物殘留，假如開棺驗屍的話就會發現問題。那我說怎麼辦？要不咱們把屍體挖出來一把火燒了了事。

張凱軍說他也是這麼想的，不過呢，如果開棺驗屍卻發現屍體不見了，那反而會引起更大的懷疑。所以最好的方法是咱們找一具和這位工友差不多的屍體，再重新埋進去。調查人員在屍骨上查不出問題來，無功而返，那當然就死心了。

我當時也知道有許多盜墓的傢伙，從他們手裡買一具屍體應該不成問題。所以我就對張凱軍說，那行，我出力你出錢，就按你的計畫辦。張凱軍卻說目前的狀況我要很負很大的責任，所以呢錢我也得出。我說為什麼說我要負責任？他說我現在幹的事兒太高調了。我說什麼事太高調了？他說我不應該天天呀騎著自行車去遊山玩水，好像身體特別好似的。他這麼一說我才明白過來，我沒好氣地說，是你一開始告訴我說是這個毒藥不會讓大家出現身體後遺症的。現在出了問題，你賴我不該出去鍛鍊身體嗎？這說來說去，還是你的責任。再說了，我現在也沒什麼錢，我的錢都轉給我女兒了。張凱軍也就不多說什麼了。買屍的錢最後是他出的。

後來我們把那具有問題的屍體燒掉了。

現在想想張凱軍那個時候大概已經看我不順眼了，尤其是我知道的這麼多。讓幾個人中毒，還有一個因中毒而死，這暴露了可都是大罪呀。像他這麼謹慎的人，怎麼可能饒得了我呢？

可我也留了一招，我們一起燒掉那具屍體時，我趁張凱軍不注意，悄悄藏起了一段骨頭在身上。他當時交給我的鉻合鎘，也沒有用完，我也留了一點。

還是那句話，要是我出事了，肯定是被人殺死的。我斷定就是張凱軍。我希望這封信不會被人找出來，這就表示著我能夠健健康康平平安安地繼續活下去。

一旦這封信被發現，那我肯定在另外一個世界了。

52

這是父親留給閆一菲的一封遺書。

那天晚上閆一菲和趙漸還有吳警官一起去到了B市。她躺在賓館的床上，怎麼也睡不著，便拿起手機，不斷翻看著相冊中記錄下的和父親在一塊兒相處的點點滴滴。

手指不斷地滑動著螢幕，滑著滑著，一張照片出現在了她的眼前。這是她最早拍下的父親裝修完出租屋地面的照片。她請別人幫忙，把床和衣櫃都搬了出去，拍下了一張完整的地面瓷磚照。

當時從現場看還不覺得有什麼，可是現在通過手機照片乍一看，她忽然明白了些什麼。尤其是那三根方形的大柱子，給了她很大的啟發。三根大柱子以及其精密的方位佈置，是有原因的。

因為閆一菲大學時期便對QR Code有過研究，看著這三根柱子，便意識到這很可能是用來定位的。QR Code三個角上，都會有三個套圈的大黑方塊，通過定位，不管你將QR Code正著放，倒著放，還是斜著放，用手機都可以順利地掃出資訊來。

有了這個思路，再看那些顏色深淺不一的瓷磚，便像極了組成QR Code的若干個黑色小方塊和白色小方塊。

可是這種照片自然是掃不出來的。

閆一菲心中怦怦亂跳，趕緊起身，拿起房間中預留的紙筆，根據爸爸鋪排的瓷磚繪製了起來。

這一次，通過掃碼，果然成功破解了父親的暗語。她激動不已，父親在神池登山步道上到底留下了什麼呢？她必須第一時間找出來。她一秒鐘也不想待下去了，便連夜買了票返回了老家。考慮到父親留下的遺物必定非同小可，現階段讓吳警官和趙漸知道未必妥當，所以便以母親生病作為托詞，上車後才通過微信向二人做了告別。

回程的火車上，閆一菲想起了那次和爸爸一起出去吃飯，臨末爸爸用現金結帳的場面。那是兩年前的事了，當時她還在念大學，放了暑假和爸爸約了見面。

「爸爸，你不要這樣落後了。現在都流行移動支付了，你用微信或者支付寶掃一掃這牆上的QR Code，就可以給店家付款了呀。特別方便，出門也省了帶現金了，就算你有時候忘了帶現金，那也沒有關係。」

爸爸笑道：「我知道啊，可是我並不習慣用這個玩意。所以每次呢，都會下意識地去兜裡掏錢，哈哈。」

「你也應該與時俱進了，你瞧瞧街上那些叫花子，要飯都用上QR Code了呢。」

「不過說起來這玩意兒真神奇呀，為什麼這麼一團黑漆漆的東西，掃一掃就可以轉帳了，似乎還挺安全，也不會轉錯了。」

閆一菲是對QR Code有研究的，她沉吟著，儘量用淺顯一點的方式來向爸爸解釋。爸爸聽得似懂非懂。

「哎呀，妳是大學生，妳爹只是個初中生，妳說的這些太高深了，我也不是太明白。」

閆一菲微微一笑，其實普通人會使用QR Code就可以了，也不必去鑽研QR Code的原理。她掏出手機操作了一番，將一個QR Code發到了爸爸的微信上。

「這是什麼？」

「你長按這個QR Code，把它識別出來。」

閆小平按照女兒的指示操作完畢，發現QR Code跳轉到了一個頁面上，頁面上有一行文字：爸爸，我愛你。

「天哪，QR Code還可以這樣玩呀，不單單是付款？」

「對，不光是付款，還可以轉換為語音、影片和圖片呢。」

閆一菲說著，把一個製作QR Code的免費網站推給了父親。

而父親顯然是上了心的，有一年她生日，父親除了給她發了一個大大的紅包外，便非常驚喜地用一個QR Code來祝她生日快樂。

而這次，父親在預感到可能出事之前，也用同樣的方式給她留下了一個暗語。這種稍微加以變形後的暗語，兇手當然是看不明白的。

闖一菲下了火車，等不及天亮便去到山上，靠著手機照明燈，從那塊白縣令巨石後面，順利找到了一個鐵盒子。鐵盒中有一段父親留下的遺書，還有一段人體的骨頭，還有一小瓶白色粉末。

通過父親的自白，她瞭解了整個工廠中毒事件的來龍去脈。

後兩件物品是工廠中毒事故的決定性證據，沒有這些物證，父親和張凱軍所犯下的罪行很難給出結論。

天色尚未破曉，下山的路途有些看不分明。清風吹過臉頰，夾帶著一絲絲的冷意。

是否讓真相大白於天下，決定權在她手裡。

是否讓父親死後獲罪，決定權也在她手裡。

（全文完）

注：書中所提及「銘合鎘」藥品為作者虛構。

要推理125　PG3131

要有光 FIAT LUX

神祕租客

作　　者　七弦彈
責任編輯　陳彥儒
圖文排版　陳彥妏
封面設計　王嵩賀

出版策劃　要有光
發 行 人　宋政坤
法律顧問　毛國樑　律師
印製發行　秀威資訊科技股份有限公司
114台北市內湖區瑞光路76巷65號1樓
電話：+886-2-2796-3638　傳真：+886-2-2796-1377
http://www.showwe.com.tw
劃撥帳號　19563868　戶名：秀威資訊科技股份有限公司
讀者服務信箱：service@showwe.com.tw
展售門市　國家書店（松江門市）
104台北市中山區松江路209號1樓
電話：+886-2-2518-0207　傳真：+886-2-2518-0778
網路訂購　秀威網路書店：https://store.showwe.tw
國家網路書店：https://www.govbooks.com.tw
總 經 銷　聯合發行股份有限公司
231新北市新店區寶橋路235巷6弄6號4F
電話：+886-2-2917-8022　傳真：+886-2-2915-6275

出版日期　2025年6月　BOD一版
定　　價　350元

讀者回函卡

Printed in Taiwan

國家圖書館出版品預行編目

神祕租客/七弦彈著. -- 一版. -- 臺北市 :要有光,
2025.06
面； 公分. -- (要推理；125)
BOD版
ISBN 978-626-7515-53-2(平裝)

857.81 114006247